雨花忠魂

雨花英烈系列纪实文学

血花红染胜男儿

张应春烈士传

李建军 著

江苏凤凰文艺出版社
JIANGSU PHOENIX LITERATURE AND ART PUBLISHING, LTD

图书在版编目（CIP）数据

血花红染胜男儿：张应春烈士传 / 李建军著 .—
南京：江苏凤凰文艺出版社，2018.10（2023.5重印）
（雨花忠魂 . 雨花英烈系列纪实文学）
ISBN 978-7-5594-2470-9

Ⅰ . ①血… Ⅱ . ①李… Ⅲ . ①纪实文学 – 中国 – 当代
Ⅳ . ① I25

中国版本图书馆 CIP 数据核字 (2018) 第 133150 号

血花红染胜男儿：张应春烈士传

李建军 著

出 版 人　张在健
责任编辑　黄孝阳　傅一岑
封面设计　马海云
责任印制　刘　巍
出版发行　江苏凤凰文艺出版社
南京市中央路 165 号，邮编：210009
网　　址　http://www.jswenyi.com
印　　刷　阳谷毕升印务有限公司
开　　本　880 毫米 ×1230 毫米　1/32
印　　张　6
字　　数　162 千字
版　　次　2018 年 10 月第 1 版
印　　次　2023 年 5 月第 4 次印刷
书　　号　ISBN 978-7-5594-2470-9
定　　价　30.00 元

“雨花忠魂·雨花英烈系列纪实文学”丛书编委会名单

万里长空且为忠魂舞

中共江苏省委书记　娄勤俭

天地英雄气，千秋尚凛然。雨花台，这片深深浸染着英烈鲜血的山岗，曾见证了几代仁人志士信仰至上、慨然担当的英雄壮举，也铭记着无数革命先烈舍身为民、矢志兴邦的不朽事迹。在这里，彪炳日月、名垂青史的革命烈士就有1519人；也是在这里，还有更多鲜为人知的英烈故事，无法铭刻于碑文，没有见诸史册，像一粒粒晶莹的雨花石，深埋在雨花台殷红的泥土里。理想之光不灭，信念之光不灭。英烈们的背影虽然早已远逝，但他们的集体“影像”已定格在永恒的瞬间，那就是义无反顾、慷慨赴死，前赴后继、为国捐躯，用热血和生命铸就了信仰丰碑，在血与火的洗礼中撑起了民族脊梁，谱写出一部又一部壮怀激烈、气吞山河的“英雄交响曲”。

英雄是旗帜，革命英雄是民族的共同记忆。习近平总书记指出：“对中华民族的英雄，要心怀崇敬，浓墨重彩记录英雄、塑造英雄，让英雄在文艺作品中得到传扬，引导人民树立正确的历史观、民族观、国家观、文化观。”为缅怀英烈伟绩、弘扬崇高风范，培育和践行社会主义核心价值观，培养爱国主义、集体主义精神和社会主义道德风尚，江苏省委宣传部、江苏省作家协会组织创作了《雨花忠魂·雨花英烈系列纪实文学》丛书，以文字、文学、文化的形式，讲述英烈的感人故事，表现英烈的高尚情操，诠释英烈的不朽精神。邓演达、贺瑞麟、石璞、刘亚生、吴振鹏、许包野……这一个个闪亮耀眼的名字，如同一座座高耸入云的丰碑，始终矗立在一代代共产党人的灵魂深处。这套丛书，为更好地传承弘扬“雨花英烈精神”提供了生动教材，也为教育党员干部走进历史、追寻英烈，激励党员干部不忘初心、牢记使命，永葆革命本色提供了精神之“钙”。

英烈风骨犹存、感召后人；历史启迪心灵、照亮未来。牺牲在雨花台的我党早期领导人恽代英曾说：“我们吃尽苦中苦，而我们的后一代则可以享到福中福。为了最崇高的理想——共产主义，我们是舍得付出一切代价的。”可以告慰雨花英烈的是，经过近七十年的不懈奋斗，近代以后久经磨难的中华民族，迎来了从站起来、富起来到强起来的伟大飞跃，一幅国家富强、人民幸福、民族复兴的壮美图景正在祖国大地上全面展开。

与伟大祖国历史进程同步伐，江苏发展站到了新的起点上。深入贯彻习近平新时代中国特色社会主义思想，努力把习近平总书记为我们描绘的“强富美高”新江苏蓝图化为美好现实，推动高质量发展走在前列，迫切需要我们传承红色基因，用好红色资源，学习雨花英烈的崇高理想信念、高尚道德情操和为民牺牲的大无畏精神，不忘初心，砥砺前行。我们缅怀革命先烈，就要从前辈先贤身上汲取养分和力量，让他们曾经的牺牲和付出，成为今天前进的动力源泉，砥砺我们以永不懈怠的精神状态推进改革再深入、实践再创新、工作再抓实；我们讴歌革命先烈，就要用“雨花英烈精神”，激励全省人民更加主动担当新使命，意气风发创造新未来，不断开辟新时代中国特色社会主义在江苏实践的新境界。 这，正是我们对革命先烈最好的礼敬与告慰。

沧海横流，英雄显本色；落花如雨，正气贯长虹。“万里长空且为忠魂舞”，“雨花英烈精神”必将长留在时光的长河和人民的记忆中。

是为序。

目　录

楔子

悼念孙中山激情演说　感动柳亚子慧眼识珠

1

1925年5月3日，农历乙丑年四月十一。江南古镇黎里。

四月的江南，一场春雨过后，冷风肆虐，花瓣零落，让人陡然觉得肃杀和清冽。晨曦中的古镇，雾霭尚未散尽，一条市河自东向西穿镇而过，将其一分为二，却又以二十多座拱形石桥把两岸勾连。河里行的多是乌篷船，有运送柴米油盐的，有自乡下贩蔬菜贩鱼虾来的，还有从水乡各镇载客过来的船只，较之平常陡增了许多。市河两边，是青石板铺就的老街，行人也明显多于往常，且大多面色凝重、步履匆匆，空气里仿佛弥漫着一种令人窒息的况味。

黎里镇市民公所，此时已经聚集了上千人，吴江县民众追悼孙中山大会即将在此召开。会场布置得肃穆庄重，由柏枝搭建的牌楼苍翠青郁，高高矗立在大门口，上有“追悼大会”四个大字，中华民国国旗和国民党党徽则分挂左右；二门口，高悬“为国捐躯”的匾额。礼堂正中，悬挂着孙中山先生的大幅遗像，两旁是柏枝对联：“革命尚未成功，同志仍须努力。”大小花圈和挽联祭幛，密密层层地分列在遗像两旁。引人注目的有本镇沈家港农民敬献的“铲除旧势力，推翻资本家”一联，还有柳亚子的挽联：“树弱小民族解放先声，列宁而还，公真健者；与帝国主义奋斗毕世，斯人已往，谁其嗣之。”由柳亚子发起的新南社也敬献挽联：“薄华盛顿而不为，何况明祖；于马克思为后进，庶几列宁。”

上午九时，追悼大会开始。台上，一位身着黑缎旗袍的青年女子担任司仪。她长得圆脸宽额，剪着短发，有一双明亮俊秀的大眼睛。她首先介绍，担任大会主席的是国民党吴江县党部执行委员会常务委员柳亚子先生，并由他第一个上台演说。

柳亚子缓步登台。他演说的题目是《报告孙中山历史》。

柳亚子时年三十九岁。他于 1906 年 7 月，也就是年仅二十岁那年，在吴淞口的海轮上秘密地谒见孙中山，亲聆他的教诲，并加入孙中山领导的中国同盟会。自此，柳亚子便追随孙中山，宣传“三民主义”，致力国民革命而不遗余力。

1909 年 11 月，柳亚子等人发起成立了中国近代史上第一个“反抗满清”的革命文学社团——南社，与同盟会互为犄角，同心协力，同仇敌忾，共襄国民革命成功。1912 年元旦，中华民国临时政府成立，孙中山在南京就任临时大总统。经南社社友雷铁崖的推荐，柳亚子前往南京，担任总统府的骈文秘书，再次见到孙中山。但因他反感于南京政府弥漫的亲和气氛，过不惯官场生活，三天后便托病辞职，返回上海。在辛亥革命后那些风凄雨暗的日子里，这位南社盟主堪称文学方面坚持民主、保卫共和的坚强战士。1923年底，柳亚子以同盟会会员资格加入改组后的中国国民党，后来当选为国民党吴江县党部常务委员。他积极拥护孙中山的“联俄、联共、扶助农工”的三大政策，和共产党人亲密合作，成为坚定的国民党左派。

1925年3月12日，孙中山因患肝癌在北京与世长辞。噩耗传出，举国哀悼；中华大地，泪雨纷飞。孙中山留下国事遗嘱：“必须唤起民众，及联合世界上以平等待我之民族，共同奋斗。”但此时军阀势力猖獗，大有黑云压城之势；国民党内右派势力抬头，全面反对三大政策。柳亚子对孙中山先生怀有深厚感情，对他的逝世深感悲痛。4月12日，他参加了在上海公共体育场举行的追悼孙中山大会，回到吴江后，即与县里的同仁着手筹备悼念活动。

柳亚子开门见山地指出：孙中山国民革命的目的，是打倒帝国主义；孙先生一生的历史，就是反抗帝国主义的历史。

柳亚子的报告历述四十年来，孙中山为中华民族的崛起，不屈不挠奋斗终生的革命经历。最后，他沉痛而又激动地将一个令人警醒的问题推到同声一哭的民众面前：现在事业未成，导师先殒。今天追悼孙先生的群众，感念孙先生的历史，应该怎么样继承孙先生的主义干下去呢？

第二位上台演说的是国民党江苏省临时省党部的代表侯绍裘。他是国民党松江县党部负责人，也是一名共产党员。他与江苏临时省党部秘书、共产党员姜长林一起，从上海专程赶到黎里，出席此次大会。

侯绍裘发表了题为《如何竟孙中山之功》的演说。他围绕着功业、道德和人格三个方面，满怀崇敬之情，追溯了孙中山先生伟大的一生。

谈到功业，侯绍裘说：孙先生奔走革命，力排众议，推翻了两千余年的专制，创造了远东第一之共和国。但共和的形式虽成，离革命的真谛尚远。帝国主义正在蚕食中国，所以先生主张先从民族主义入手，以免外人侵略，近年来更是极力主张打破帝国主义，废止不平等条约。孙先生常说，我国对外条约，如卖身文契，非打破不可！

说到道德，侯绍裘说：国人最重私德。私德不良，主义不行；言行一致，民众拥戴。孙先生曾任两任大总统、两任大元帅，但他逝世后仅留下屋数椽、书数架而已，道德之高尚，实为万世之楷模！

论及人格，侯绍裘说：孙先生刚而不畏死，革命十次失败而不惧。在广东时，他备受曹锟、吴佩孚、陈炯明的中伤，虽屡屡濒临险境而决不妥协，再接再厉，至死不易。

侯绍裘指出：孙中山未竟的事业，正待我等努力。今日参加追悼会的人们，归去之后，务必遵循先生的遗嘱，研究其学说，仿效其人格，努力而为之。

接着，又有几位代表上台演说。

最后压轴的演说者，竟是担任大会司仪的年轻女子，她就是柳亚子和侯绍裘都很熟悉的张应春。

此时的张应春，是黎里女子小学的体育教师。一年前，她由侯绍裘介绍，加入了改组后的中国国民党，并参加了国民党吴江县第一次代表大会，此后一直积极参与吴江县党部的党务工作。张应春的父亲张农 1917 年加入南社，与柳亚子早已熟识；张应春与柳亚子的四妹柳均权又是同桌而坐的小学同学，两人友情笃厚。当年，她还是一个蹦蹦跳跳的青涩女孩，就常到柳家玩耍，所以柳亚子待她就像自己的亲小妹一样。

张应春的演说一改刚才担任司仪时的沉静，她态度鲜明、情绪激昂地说：孙中山先生的精神就是革命。孙先生革命的目的，是要打倒帝国主义，打倒军阀，实现他所主张的三民主义。三民主义，就是民族、民权、民生三大主义。所谓民族主义，是主张中国民族的自求解放和国内民族的一律平等，还要扶助其他弱小民族的解放，换句话讲，就是要求“国际平等”的主义；所谓民权主义，是主张除了反革命派和卖国贼以外，大多数民众，尤其是工农民众，都能掌握政权，取得言论、出版、集会、结社、罢工种种的自由，以及选举、创制、复决、罢免等权利，换句话讲，就是要求“政治平等”的主义；所谓民生主义，就是从“节制资本”和“平均地权”两个方面入手，使得人人都有衣穿，都有饭吃，都有房子住，都有很好的道路走，换句话讲，就是要求“经济平等”的主义。总而言之，孙先生的主义，是代表被压迫阶级说话，去向压迫阶级宣战的。所以全中国的被压迫阶级，都应该悼念孙中山先生，继续孙先生的革命事业。

张应春的开场白和她对三民主义的严谨阐述，让台下的听众为之一震。特别是柳亚子和侯绍裘，他们从没有注意到张应春像今天这样的亮相。她的表现出乎意料，甚至可以说是非常精彩；士别三日，当刮目相看，看来此话不虚。他们频频点头，暗暗叫好。

张应春接着说：孙中山先生在北上的时候，就提出了两个口号，一是废除不平等条约，即表示反抗帝国主义，完成民族解放之目的；二是开国民会议，要国民直接顾问政治，实行民权制度。他在国民党第一次全国代表大会上宣言，“盖国民党现正从事于反抗帝国主义与军阀，反抗不利于农夫、工人之特殊阶级，以谋农夫、工人之解放。质言之，即为农夫、工人而奋斗，亦即农夫、工人为自身而奋斗也。”

而中国现在的情形是，经济制度不平等，大多数的工农阶级，衣不得蔽体，食不得果腹，一天天地困苦下去。只有最少数的军阀、官僚、买办阶级和土豪，他们尽情地快活和享乐。他们每天打麻雀（麻将）、吃大菜、坐汽车，甚至于纳妾、嫖妓，他们倚恃着经济上的权力，污辱我们女子的人格；他们醉生梦死，不顾国家的存亡，不念及大多数工农阶级的痛苦，这是何等的不平，何等的可恨！所以孙中山先生提倡民生主义，拥护工农阶级的利益，要使大多数的工农群众，都得到经济上的自由平等。

同胞们！革命，并不是为我们知识阶级和小资产阶级自身的利益而革命，我们要为大多数工农群众的的利益而革命，同时也要唤醒工农群众，组织工农群众，使他们为自己的利益而革命。大多数群众的利益，才足以代表全民族的利益！

最后，张应春沉痛而又饱含深情地说：孙中山先生是革命的领导者，是民族解放的领导者，是民权解放的领导者，是民生解放的领导者，更是主张在法律上、经济上、教育上、社会上确认男女平等的原则，助推女权发展的第一伟人。孙先生的逝世，是全中国工农群众的最大损失。我们悼念他，更要加倍努力，加倍奋斗，完成他未竟之志，使中国的国民革命在最短期间成功，更进而参与世界革命事业。同胞们，让我们努力团结合作，站到革命的旗帜下，解放自己，解放全中国被压迫的民众！

张应春的演说时而悲伤时而激昂，仿佛满腔的热血都涌到了喉际，恨不得把一颗心捧给台下的听众。可谓声情并茂，直抵人心，全场为之沉思为之震撼。

在县立第四高等小学和黎里女子小学一百多名学生合唱追悼歌之后，上午的追悼大会宣布结束。

下午，举行声势浩大的悼念游行。有县教育会、旅外学生会、黎里市民公社、盛泽平民图书馆、震泽报社、平望商会等四十余个团体参加游行。黎里镇的三里长街，庄严肃穆的游行队伍达两千余人，缓缓行进，观者人山人海。

张应春和另一位国民党女党员瞿双成，捧着孙中山的遗像，走在队伍的最前面。当时黎里女子剪发尚未盛行，而她俩却是齐耳短发，便有围观的人悄悄地说她们是“盛泽尼姑”。几个小孩听了，就大叫起来：“大家来看盛泽尼姑！”柳亚子皱起了眉头。盛泽是吴江县的大镇，那里的尼姑大多做暗娼生意。张应春的发型与尼姑相似，这“盛泽尼姑”明显是带着侮辱性的。听了叫喊，人群中起了一阵阵骚动。但是，众目睽睽之下，张应春镇定自若，她满脸肃穆，两眼依然发出炯炯的光芒，坚定地走在游行队伍前面。

目睹此情此景，柳亚子的眼眶湿润了。这个青年女子上午的演说让他心潮澎湃，眼前的表现更令他折服。这是个思想健全、意志品德高尚的奇女子。他甚至在恍惚间把她幻化为那个英姿飒爽的鉴湖女侠秋瑾。他在心里认准了她。

同样，侯绍裘也在久久地注视着张应春。他暗暗赞叹，这是一个不可多得的进步女性；人才难觅，人才难得，中国的革命事业需要这样的女性!

1925年5月17日，距追悼孙中山大会仅仅十余天，在柳亚子担任临时主席的国民党吴江县党部第四区（即黎里区）分部会议上，张应春被补选为区分部执行委员。

8月23日，由于柳亚子、侯绍裘等人的鼎力推荐，张应春当选为国共合作的国民党江苏省党部执行委员兼妇女部长。

当年秋天，由侯绍裘、姜长林介绍，经中共江浙区委批准，张应春光荣地加入了中国共产党。

第一章
出生于书香门第 父母是启蒙之师

2

吴江，地处江浙两省交界，被历代文人称之为“吴根越角”。

这里有个风光秀美的江南小村，叫葫芦兜。它毗邻汾湖，水乡特色浓郁。汾湖古称分湖，是春秋战国时期吴越两国的分界湖，北边一半属江苏吴江，南边一半属浙江嘉善。汾湖水经过莲荡、木瓜荡，流入村中，形成一个两头圆、中间细的小漾，活脱脱像个巨大的葫芦。让人不禁联想起八仙过海的神话：会不会就是那个颠儿颠儿的铁拐李，不慎将肩上的大葫芦从空中掉落在这里?

葫芦兜的河岸弯弯曲曲，民居依河而立，杨枝柳叶掩映下的粉墙黛瓦，高低错落。位于兜底东岸的张氏人家，临水一座宽敞的双落水河埠，一溜花岗石驳岸，虽然历经岁月的风化侵蚀有些残损，却不动声色地显示着这门大户曾经有过的辉煌。

这的确是个书香门第，耕读世家，相传是三国时东吴名士张昭的后裔。

从西墙门走进张宅，迎面是场院和朝南的厢房，向北越过天井，便是名为清承堂的大厅。大厅东边，一排三间平房，是全家人的住房，当中一间有一匾额，题“绣闼”二字，出自王勃的《滕王阁诗序》，示意门庭锦绣。北面，是题有“竹松书屋”匾额的书厅。书厅附近有一间书楼，登上楼可以远眺烟波浩渺的汾湖，也能看到三三两两的舟楫在莲荡、木瓜荡和葫芦兜的水面上游弋。

1901年(清光绪二十七年)11月11日，农历十月初一。这座宅院的主人张农一直没有出门，他时而在书厅里焦急地踱步，时而抑制不住内心的期待和喜悦，登上书楼，向远处眺望。

他在等待，等待这个家庭第一个小生命的诞生。

张农原名肇甲，字都金，亦作多金，号鼎斋，时年二十四岁，是个饱学诗书的秀才。

他家的祖产，有百十亩水田，部分自家耕作，部分租给佃农，尚可维持家用。

张农的妻子金定生，是个端庄秀丽的农家姑娘。她嫁入张家后，孝敬长辈，夫妻恩爱，勤于持家，很快得到族人和邻里的夸赞。

妻子怀上头胎之后，张农一直都很体贴。产期临近，他很少外出，特意照看妻子的起居。

昨天，妻子告诉张农，她有一种强烈的感觉，肚子里的小生命已经迫不及待，急着想要来到人世。不过，她心里一直有些忐忑:“村里很多女人谈论，说我怀孕后相貌没变，脚步也轻，怀的是女孩。可我觉得不对呀，自己这肚子里，动静这么大，气力这么大，莽莽撞撞，怎么也不像个女孩呀?”

张农笑了，对妻子说：“男孩当然好，是我们张家的长房长孙，皆大欢喜。女孩也好，女孩是小棉袄，最能体贴父母，我倒想要个贴心小棉袄。”

妻子的脸上泛起一抹红润，她庆幸自己找了个通情达理的开明丈夫。

张农当即拎了两盒茶点，找到村里最有经验的接生婆，说妻子将要临产，随时会来请她上门。

接生婆说，不必劳你再来一趟，我明早收拾停当，就到府上去照应。

这天上午，接生婆果然早早就到了，和家人一起，做好了接生的准备。

傍晚时分，随着一声响亮的婴啼，一个小生命在张家呱呱落地。

接生婆赶紧来到书厅，向张农报喜：“恭喜恭喜，添的是千金，母女平安!”

张农的心里，终于石头落地，十分欣喜：“平安就好，平安就好!”

接着，他情不自禁地吟诵了一句当地农谚：“九月菊花遍地黄，十月芙蓉应小春……今天是十月初一，小阳春啊!”

于是，他一锤定音：“我给孩子取好了名字，名蓉城，字应春。”

3

张农曾经用一首诗描写家乡的水乡风光：

枫林红映斜阳晚，槲叶黄堆两岸多。

丛菊开时蟹簖密，芦苇深处鸟声和。

张农的祖上，在葫芦兜世守耕业，家道渐渐殷实。清乾隆年间，世祖张孝嗣因聪明好学，擅长诗文，尤其嗜好金石，工于绘画，成为一方名流。张孝嗣的五个儿子，在他的培养下，各有所工，蔚然成家，青出于蓝而胜于蓝。长子张与龄，秉承家训，诗书画印无一不精；次子修龄，弃文学医，建树殊深，在江浙一带颇具盛名；三子张益龄和幼子张太龄，不但诗画兼善，文赋亦脍炙人口，人称大雅之才；四子张聃龄的书法造诣堪称上乘，再加上诗词写得隽美，远远近近的众多画家，争相请他在画作上题写诗文。这五位张氏子弟，被后人称为“葫芦兜五子”。他们的事迹传承，一直影响着张农的成长。

张农的祖父张文睿，是张与龄的长子。他天姿俊秀，性情淡泊，不喜言谈，十七岁中秀才，尤其钻研史汉之书，洞窥其中的奥妙，所作文章高简浑厚，曾被黎里名门汝氏聘为塾师。清同治六年（1867年），他考取举人，第二年中进士，被朝廷任命为兵部武选司主事，因才非所用弃官还乡，先后到震泽、芦墟两地的书院执教。他埋头做学问，寒暑不辍，受过他教育的人大多功成名就，所以当时远远近近的人们论起诗书文章及育人之道，必首称这位文睿先生。

张农的父亲张文俊，娶妻袁氏，是吴淞渡桥袁兰升的长女。袁家是苏州望族，袁兰升也是当时负有盛名的诗人，其后人袁水拍则是现代著名诗人。张农受父母和家族的影响，自小喜好吟诗咏词，仰慕功名，勤习八股。弱冠之年，他赴吴江县城，应童子试，考中秀才。同时，他和堂兄弟张仲友、张贡粟、张季让等人跃跃欲试，立志以“葫芦兜五子”为榜样，延续张氏先人的文脉。

对于这样一个耕读世家，葫芦兜犹如世外桃源。他们于一片清幽之中，潜心苦读，任情吟诵。诵读之余，垂钓、奕棋、赏荷、吹箫。那时节吴歌正盛，暑期听歌可谓一乐。张农有诗写道：“暑夜乘凉酒半醺，豆棚瓜架话耕耘。田家自有天然乐，两岸吴歌响遏云。”

他们在葫芦兜里泛舟，更是悠然自得：“葫芦兜里景清幽，水面风来暑尽收。一叶扁舟随意泛，绿阴深处好勾留。”

然而，葫芦兜毕竟不是世外桃源。历史的年轮进入20世纪初叶，甲午战争的硝烟虽已散尽，但中国战败带给国人的震惊却远没有消失。北洋水师全军覆没，堂堂中华，泱泱大国，竟败给了“蕞尔小国”日本。在张牙舞爪的瓜分狂潮中，八国联军的铁蹄冲进北京，圆明园在熊熊大火中化作一片灰烬。随之而来的一纸丧权辱国的《辛丑条约》，将已处在半殖民地半封建泥淖中的中华民族推得更深更深。山河破碎，风雨飘摇。素有“鱼米之乡”美称的江南，又何尝不是挣扎在灾难之中。到了此时，张氏家道也渐渐衰落。

覆巢之下，安有完卵？国运如此，家运如此。每一个有血性的中国人，内心都在滴血，痛苦和屈辱深入骨髓。

这些年，张农的思想产生了急剧转变，他由一个埋头耕读、追求功名，甚至颂扬皇权的本分读书人，变成关心时局、忧伤国事、忧虑民生的革命支持者。留存至今的一部手稿《葫芦吟草》，记载了他这一时期的心路历程。

他在早年的一首诗里自慨“疗贫有术羞为贾，济世无才枉读书”，于是乎“村居不问沧桑事，秋月春花爱我庐”，甚至媚俗地歌颂皇权“日暖风和光景好，挥毫且自颂皇仁”。七绝《自嘲》，反映了他当时散淡消极的心态：“家无长物依然乐，座有蒙童足解愁。世事沧桑多不问，一窗书味自优游。”

1911年，张农离开家乡，到南京造币厂供职。一年多时间，他走遍南京的多处历史遗迹，广泛接触社会，并与来自十多个省份的同事朝夕相处，开阔了视野。后来，他返回家乡，在葫芦兜办起了乡村小学。虽身处僻壤，埋头授业，却心系天下，他的心绪和诗作悄然发生了变化。

在读报时，他看到国事日非，清廷却置若罔闻，不禁浩然长叹，作七绝《瓜分消息》：“瓜分警耗早喧传，祸到临头尚晏然。可惜神州最古国，后尘难免步朝鲜。”

在这民族危亡之际，他呼唤力挽狂澜的当代英雄：“美雨欧风动地来，神州莽莽半摧颓。谁人挺作中流柱，力拦狂澜一旦回。”

辛亥革命爆发，张农欣喜地写下《光复喜赋》二绝。其一：“莽莽中原地，风云起武昌。誓将胡虏辱，群祝革军强。”其二：“血染江流赤，旗标汉字黄。百年奴隶辱，一旦庆重光。”另有一首七绝《闻战事有感》，洋溢着他急切盼望辛亥革命取得全胜的热情：“占我河山三百年，为奴为隶最堪怜。一朝鄂渚风云起，直捣黄龙气撼天。”

与此同时，他为自己未能在这翻天覆地的革命大潮中挺身执戈而深感内疚：“故人几辈飞鸣去，磨盾无材祇自羞。”

不久，南北议和告成，袁世凯登上了临时大总统宝座。他又忧从心起，十分感伤地作了一首七绝：“黄龙直抵快如何，怎奈偷安欲议和。南宋已成千古恨，那堪覆辙误前程。”

张农身为一介书生，为人正直忠厚。他同情食不果腹的农户，嫉恶为富不仁的豪绅，每遇旱涝灾害，都要给耕租他家田地的佃农减租，体恤贫苦农民的艰辛。因而受到村民的尊敬和称誉。柳亚子曾称道他：“咸能周知民困，且多隐德，抗豪宗，庇农佃，盖其习性然也。”

耕读之余，张农常把小应春带在身边，到田间地头，到湖荡河畔，感受农耕的辛劳，体察贫民的艰难。于是，那些在村塾里摇头晃脑吟咏的古诗文，成了小应春眼前的真景实情：

“锄禾日当午，汗滴禾下土。”

“足蒸暑土气，背灼炎天光。”

“君看一叶舟，出没风波里。”

……

到了农忙季节，张农和佃户一起，连天带夜抢收抢种，累得在地头上歪倒歇息。小应春跟着母亲给他们送饭送茶，一如唐诗所写：“妇姑荷箪食，童稚携壶浆。”

在收割后的稻田里，小应春和母亲一起捡拾遗落的稻穗，“右手秉遗穗，左臂悬敝筐”。她不知不觉地领会到了“谁知盘中餐，粒粒皆辛苦”的深意。

有一次，张农带小应春到荷塘边看人采藕。时值隆冬腊月，水面上结着一层薄冰。那些采藕人赤着脚、挽起裤管，拖着小木划就下到满是枯茎残梗的荷塘里，两腿一上一下有节奏地踩动。待到一支莲藕露出一截胖乎乎身子，他们便弓着身，双手伸进泥水里，顺着藕节深挖下去，直到把一支长藕完整地挖上来，再码放在小木划上。

“水里这么冷，这些采藕人都不怕冷吗？”五六岁的小应春对什么都充满好奇。

“都是血肉之躯，当然怕冷。可要是挖藕的怕冷不去挖藕，打鱼的怕冷不去打鱼，我们过新年就吃不上鲜鱼和鲜藕了。”

“那我们不吃鱼不吃藕了，让他们快上来吧，等天暖和了再来挖。”小应春着急地说。

“傻囡子，我们吃不吃没关系，世间的事不是你想怎样就能怎样的。他们不去采藕不去打鱼，就没有生活来源，拿什么去养家糊口？”

“那该怎么办呢？”小应春若有所思。

可以说，父亲的为人处事、言行举止对张应春的成长影响至深。而张农在潜意识里，也把这个长女当作男孩来教育培养。

1917 年，四十岁的张农毅然加入了柳亚子主持的文化社团南社，与南社社友一道以文字鼓吹革命。在柳亚子所编的《南社社友姓氏录》中，他的入社书为 954 号。

4

张应春的母亲金定生，是汾湖南岸金家湾的农家女。这个水乡小村地属浙江嘉善的陶庄镇，与葫芦兜水路相连，顺风顺水时，两地行舟只需个把钟头。她能嫁到张家，算是进了名门大户。由于门不当户不对，金氏嫁到张家之后，一直有种自卑心理。

大女儿应春的出生，给这位张家新媳妇带来了做母亲的喜悦，丈夫的理解也让她深感庆幸。然而，后来的情况变得糟糕起来，甚至可以说，不幸接踵而至。按照男尊女卑的封建习俗，一个家庭，特别是大户人家，必须生养儿子，才能传宗接代，光耀门楣，否则就是断了香火。金氏虽然是个农家女子，但她知道有句古语，生了儿子叫“弄璋”之喜，璋是美玉，男孩长大了可以佩玉做官；生了女儿却叫“弄瓦”，瓦为陶器，陶轮用于纺织，意思是女孩子长大了只配纺纱织布、描花刺绣，当家庭妇女。偏偏，金氏的第二胎、第三胎依然都是女孩。于是，族人的冷眼看待，村民的背后嘀咕，像是在她的心头压上了一块重重的石板。金氏变得自卑起来，站在人前都仿佛矮了一截。虽然丈夫偶尔还会安慰她，但她心底里暗暗流着苦涩的泪，如同掉进葫芦兜里的溺水者，在拼命地挣扎。她烧香点烛，求神问卜，日夜祈求菩萨保佑，给她一个宝贝儿子。

可是，命运似乎与这个善良的女人作对，当第四胎临盆时，冷汗淋漓、脸色惨白的她，一双焦灼期盼的眼睛，等到的却是接生婆发出的无声叹息。犹如临头一声焦雷，她的精神简直就要崩溃了！日子一久，金氏的精神压力越发严重，她目光呆滞，神情恍惚，时而答非所问，时而暗暗掉泪；她几乎惧怕了生育，唯恐再生一个女孩。

童年的小应春很懂事，妈妈忧伤的时候，她总是坐在一边，想办法安慰妈妈。她对妈妈说：“妈，别担心，我长大后，要像个男孩子一样；男孩能做的事，我都能做！”

妈妈搂紧小应春，仿佛有了一个贴心的依靠。

在彷徨和焦虑中，金氏又怀上了第五胎。这胎儿跟着母亲一起抖抖瑟瑟地挨过了令人窒息的漫漫时光。也许是上苍终究怜悯这位苦难的母亲，这一次她终于生了个男孩。

葫芦兜东岸的张家红烛高烧，合族欢欣。金氏苍白的嘴角，终于绽开了久违的一丝微笑。男孩取名祖望，明明白白，想把张家祖辈的冀望托付在他的身上。不幸的是，这男孩长大以后，竟有些精神失常。这是后话。

后来，金氏的第六个孩子又是个女孩，出天花早夭。第七个还是女孩，家里人商量，准备将她送人。这时候应春站了出来，执意不允，一定要留下这个最小的妹妹。于是，这个小妹就留了下来，因而取名留春。

由于当时生活和医疗条件所限，张农夫妇生育了七个孩子，只有老大应春、老三秀春、老五祖望、老七留春四个长大成人。

应春成年后，有件事让她对父母一直心存感激：父母没有硬逼她从小裹足。所以她才拥有一双天足，才有机会走进学堂，走出乡村，走向外面的世界。毕竟，那个时代，男人蓄辫，女子从小裹足，是天经地义的礼义，是老祖宗的规矩，谁敢违抗？“大足之女，遭人齿冷，将来何以事人？”三寸金莲，歹毒的畸形美，却被看成大家闺秀的范本。那一双红绿质地的小花鞋，绣上各色花朵，呈尖头圆锥形，其畸形的小巧模样，甚至可以立在小小的酱油碟子里。

应春六岁那年，祖父母叮嘱她的母亲金氏，要她给小应春裹足。面对六七尺长、三四寸宽的裹足布，小应春头一次与慈母抗争，又哭又闹地抵制，两只小脚还是被强行缠上。但母亲一转身，她就偷偷把该死的裹足布拆下。结果又被缠上，再拆下。缠缠拆拆对峙了几天，母亲只好与父亲商量对策。

父亲叹了口气，说：其实康有为戊戌变法时就上奏“请禁妇女裹足折”，光绪帝批准了奏请，可惜变法失败后，这一御旨半途而废。听说外地已经有了天足会，抗议裹足，倡导放足。应春这孩子性子烈，这件事就随她的愿吧。

母亲自己饱受裹足之苦，从心底里并不愿给女儿再套上这副枷锁，只是长辈的意愿难以违背。丈夫既然松了口，来自长辈的压力由他撑着，她也就不再坚持，并深为女儿感到庆幸。

小应春破天荒地成了胜利者，她的一双“解放脚”，在葫芦兜的张家内外成了一件新鲜事。她开心地笑了，脸上还留着泪痕。小应春给张家的女儿们树立了榜样，后来，她的妹妹们没有一个裹足的。她迈着天足，大踏步地走上人生之路。

第二章

小应春敬佩鉴湖女侠　女孩儿勤读乡村学堂

5

葫芦兜畔的杨枝柳叶，黄了又青，青了又黄。小应春虚龄八岁了，胖乎乎的脸上扑闪着一双活泼的大眼睛，扎着红头绳的两根小辫子一甩一甩，天真烂漫又聪明伶俐。

八岁是上学的年龄。八岁的小应春缠着父亲，要去上学。是啊，比她大两岁的小堂叔贡粟早就上学了，比她小两岁的堂弟鑫长也在兴冲冲地准备上学，她凭什么不能去上学？

父亲张农虽然思想开明，但在

送女儿上学这件事上，还是让他犯了难。 自古以来，就有句老话“女子无才便是德”。 男孩入塾，苦读数年，长大了考秀才中举人，直到金榜题名，由此满门生辉光宗耀祖；女孩长大了，却是“泼出门的一盆水”，待字闺中，做做女红之类才算本分。 而且，这村里的私塾学堂，也从没有过女孩子上学的先例呀!

“爸爸，你不是跟我讲过午梦堂叶家三个姐姐的故事么，我长大了，也要做叶家姐姐那样的才女。”小应春摇着父亲的手臂，并不气馁。

张农没想到女儿的小脑袋能够灵机一动，对他旁敲侧击。 他的确不止一次地在女儿面前赞叹午梦堂叶家三姐妹的才情。 三百年前，那莲荡东岸的午梦堂，似一朵亮丽的奇葩摇曳在明清鼎革的历史天空。 午梦堂的堂主叶绍袁是晚明进士，官至工部主事，因反对魏忠贤阉党擅权祸国，以母亲年老为由告归，隐居汾湖。 他的妻子沈宜修是文学家沈璟的侄女，才智过人，能诗善词，他们的三个女儿叶纨纨、叶小纨、叶小鸾，个个都是风雅绝代的汾湖才女。

但是，才女们的命运却又是那样地令人惋叹：年仅十七岁的叶小鸾在将行百年好合大礼的前五天，突然不起而卒；大姐叶纨纨伤心过度，不过两月便随妹而去；二姐叶小纨悲痛欲绝，作《鸳鸯梦》杂剧，将姊妹三人写入戏中，催人泪下。 曾经繁茂的绿叶，在萧瑟秋风中纷纷飘落。 母亲沈宜修猝不及防，始终无法接受如此才情绝代的女儿会先后离自己而去，难道真是验证了天妒奇才一说? 三年后，在对女儿深深的怀念中，她也撒手人寰。

“爸爸，你不是最敬佩鉴湖女侠么，你说她都到日本去求学过，不学本事就干不了大事。 你送我去上学，学到了本事，以后才能干大事呀。”

父亲怜爱地看着女儿，这囡囡为了上学，真铆上劲了。 平常，他有意无意地把她当作男孩来培养，看来效果初显。 是啊，历史的漫漫长夜已经挨到了 1908 年，解放女权、提倡女学的呼声在通都大邑频然而起。就在上一年血溅绍兴轩亭口的秋瑾，不就曾两次远渡重洋到日本留学吗？她还铿锵有力地说过：女学不兴，种族不强；女权不振，国势必弱。

想到这些，张农的心头涌起一股热流。他对女儿说："爸爸答应你，送你去上学！"

小应春高兴地蹦起来，跑去告诉妈妈，告诉妹妹，告诉堂叔和堂弟："我要上学喽，我要上学喽……"

张农当然不会想到，眼下像小鹿一样快乐跳跃的女儿，以后会步秋瑾的后尘，成为一个崭新时代的巾帼女杰。

葫芦兜村最早的学校是一所私塾，办在於张合祠的十馀斋。这年春天，小应春成了村里这所私塾的第一个女学生。私塾的启蒙阶段，是识方块字，一天几个，由易到难，日积月累。初学的毛笔字是"描红"，一页一页，从起始的一点一捺到构架简单的成字。小应春在家跟父亲学过认字写字，背过唐诗宋词，有很好的基础，加上悟性甚好，又很用功，所以从《三字经》《百家姓》到《千字文》，她学得溜快，过目成诵，成了私塾学堂里进步最快、成绩最好的学生。

就连私塾先生都多次跟张农说，你这个闺女了不得，要是个男孩子，好好教养，将来必有出息！不过……终归是个女儿身，可惜啊可惜啊……

张农当然知道私塾先生的潜台词，他既不懊悔也不叹息。闺女怎么呢？古代尚有花木兰、穆桂英这样的女中豪杰，闺女我也要把她培养成才。

6

清朝末年，处于内外交困中的清政府废除了科举制度，在全国范围内正式推行新式教育。但是，所谓的"新式教育"进入乡村社会经历了一个漫长的过程。

1911 年 10 月 10 日，武昌起义爆发，革命军迅速占领武汉三镇。

武昌首义，像满天阴霾中的一声巨雷，深深震动了中国大地。熊熊的革命烈火，在大江南北燃烧起来。孙中山领导的辛亥革命推翻了长达两千多年的封建制度，建立了资产阶级的民主政体。

民国元年颁布的《小学校令》中规定：小学校教育以留意儿童身心之发育，培养国民道德之基础，并授以生活所必需之知识、技能为宗旨。其课程，初级小学有修身、国文、算术、手工、图画、唱歌、体操等科目；高等小学教学则在初小基础上增加了中国历史、地理、理科等科目。自此，一些有识之士逐渐投身于乡村教育。

这一年，张农从南京造币厂返回家乡，与堂兄弟张仲友等人一起，将原来的村私塾改创为葫芦兜初级小学，办学地址仍在於张合祠内。学校门前，有一对石狮，大门上方是“於张合祠”四字匾额；越过两边墙上嵌有石碑的通道，两厢便是教室、教师宿舍等；隔着天井，最后一进是祠堂。学校为单班复式，即一个班内有一、二、三、四几个不同年级的学生同时上课。张农因办校有方，曾获吴江县颁发的奖章一枚。

十来岁的小应春自然成了这所乡村小学的学生。她背着书包，携着她的弟妹们，手拉着手，一起上学读书。

这时的应春，已经十分懂事。尤其是母亲的苦难，在她小小的心坎上早就划下了一道深深的印痕。虽然，她还不甚明白这种苦难的社会根源，她还找不到合适的语言来安慰母亲。但是，她知道自己应该当好弟弟妹妹们的大姐姐。在家里，她不声不响多做家务，体贴心力交瘁过度劳累的母亲。每天早晨，她总是手脚麻利地扫地抹桌，干完家务再张罗弟弟妹妹一起上学。当然，她的一双手也很灵巧，母亲教给她一些女红技巧，她一学就会。她能编结线袋，挑十字红，都很精细。

弟弟祖望年龄小，身体弱，早上喜欢赖床，不想去念书。应春就把自己知道的古人勤学故事讲给他听。头悬梁锥刺股，匡衡凿壁偷光，孙康萤囊映雪，祖逖闻鸡起舞……祖望听得津津有味，一骨碌从床上爬起来，缠着姐姐继续讲。应春就告诉他，这些故事有的是老师讲的，有的是从书上读到的，书上的故事多着呢，你不去上学，不学知识，就会错过天底下许许多多好故事。

初冬的一天傍晚，姐弟几个放学归来，祖望和村邻家的小男孩落在后面，走在河边玩耍，那个小男孩一不小心滑到了河里，吓得祖望大声哭叫。应春闻声跑了过去，丝毫没有犹豫，就跳到大半人深冰冷的水里，把那小男孩拉上了岸。事后，小男孩的家人对应春千恩万谢，她却说，大家一起放学，她是大姐姐，照看好弟弟妹妹是她的责任。父亲心疼她，说你不会水，还跳下河救人，这多危险啊！她跟父亲扮了个鬼脸，实话实说：我当时急得要命，想都没想，就跳下去了。父亲叹了口气，心里却在为女儿感到自豪。因为这些年来，他一直跟女儿灌输的就是正直、勇敢和担当，把她当男儿养，女儿还真有几分勇敢担当的英气。

不过从此以后，应春多了份细心和耐心。上学路上有棵老榆树，春天，满树的榆钱儿清香诱人，弟弟妹妹总爱用竹竿、树枝敲些榆钱，回家让妈妈做榆钱粥、做榆钱馅的包子；夏天，榆树上总有蝉儿鸣叫，弟弟放学路过时常要待在树下望呀听呀，有时还会爬树抓知了。这些时候，应春总是细致耐心地在一边照看着他们，叮嘱他们注意安全。

在学校，应春的成绩始终名列前茅。她还常常鼓励弟弟妹妹，要勤奋读书，不能随意荒废学业。村里的人都啧啧称赞她是个好姑娘。

1915 年秋，张农应聘到黎里女子小学（高小部）任教。张应春随父亲去黎里就校住读。

第三章

黎里女校立下远大抱负　年号风波显现不屈个性

7

古镇黎里，位于汾湖之西，葫芦兜西去十余里。是苏浙沪之要冲，吴江七大镇之一。

清代镇志云：黎里应作“蠡里”，因春秋时期的名士范蠡曾居于此。又传黎里之名始于唐代，因纪念当地一黎姓官员疏通河道、兴修水利而得名，亦称黎川。还因镇南多梨花，又名梨花里。

黎里自古民风淳厚，“镇上多士夫之家，崇尚学术，入夜诵读声不绝”。镇上出过二十六名进士、六十多名举人。有一位举人周元理，官至清乾隆朝直隶总督、工部尚书；清代名士袁枚，也曾慕名寓居于此。

黎里颇多历史遗迹和人文景观，最著名的有包括“禊湖秋月”“鸭栏帆影”在内的“黎川八景”。张农就曾以这些景观为题写了一组脍炙人口的诗篇。

当时，葫芦兜属黎里区，即吴江县第四区。在黎里镇区，绿水茵茵的市河，将三里长街分成南北两岸。河的北岸称上岸，南岸称下岸。黎里女子小学，就坐落在夏家桥的南堍。

黎里女子小学的创办者，是吴江近代教育的先驱倪寿芝与其弟倪迪民、倪与三。倪寿芝夫家姓王，结婚仅仅三年，丈夫早亡，二十二岁就寡居的倪寿芝闲来以读书自遣。后来，倪寿芝的三弟倪与三从日本学医回国，并加入中国同盟会。在三弟的鼓励下，年已三十八岁的倪寿芝大胆地走出小镇，到上海城东女子学堂选科学习。学习期间，倪寿芝带有明确的目的，除了学习新潮的文化知识，她更注重实际，学以致用，决心回家乡后播旧鼎新，在教育方面干一番事业。1903年春，年近不惑的倪寿芝学成返乡，与两个弟弟一起，集资设立了吴江县第一所男女兼收的平民学校“求吾蒙塾”。一年后，学生数量大增，倪寿芝得到柳亚子、蔡寅等有识之士的支持，再次集资扩校，将求吾蒙塾更名为“民立小学”。

在新旧交替的历史时期，各种力量的斗争不可避免。黎里镇上一些守旧的儒生和封建官僚，对倪寿芝的所作所为非常看不顺眼，他们不能容忍一介女流，办什么女学，办什么洋学堂，便造谣生事，攻击倪寿芝违反了三从四德、人伦道义等等，捏造了众多的莫须有罪名。而倪寿芝异常坚定，顶住了压力，坚决以培养新颖的女子，改变黎里的风气为己任。

1912年，学校迁址至夏家桥南堍的市民公所，改为公立。两年后，与同镇后起的明懿女校合并，改名为吴江县第四区女子学校，即黎里女子小学。倪寿芝四处奔走，多方筹划，拿出她多年积贮的全部资金，建造起一幢新校舍，六楼六底，气象一新。并开设国文、算术、自然、艺术等课程。

倪寿芝创校办学，求贤若渴。她早就得知葫芦兜的张农才学过人、育人有方，便数次写信给张农，并亲自登门，力邀张农加盟。

张农来到黎里执教，特意把应春带到女子学校继续读书，着意进行培养。

黎里镇市河的北岸（上岸），浒泾桥的西首，有一处大宅院，是周元理在直隶总督任上时所建，清乾隆御笔亲赐“寿恩堂”三字。此时，这里住着柳亚子一家。

柳亚子 1887 年出生在距葫芦兜东北十里许的北厍镇大胜村。1898 年，大胜柳氏家族被“宅基龙神翻身”的谣传惊扰，举族惶恐，争相外迁。柳亚子一家迁居黎里，租赁周氏“寿恩堂”居住。倪寿芝创办女子小学时，柳亚子曾竭力相助。此时的柳亚子，受孙中山领导的同盟会的影响，已与吴江同乡陈去病、金山县的高天梅等人创建南社，取“操南音，不忘本”之意，在惊涛骇浪的反清斗争中，以文字鼓吹革命。他以饱满的热情、杰出的才干和横溢的才华，赢得了赞誉和信任，成为这一大批文人志士中的佼佼者、名重江南的诗坛盟主。

张农与柳亚子的交往，得从柳亚子的妹妹们说起。早年，柳亚子敬佩法国启蒙思想家卢梭，欣赏其在《民约论》中倡导的天赋人权学说，更名人权，表字亚卢，自称“亚洲的卢梭”。不仅如此，他还以“权”字给四个妹妹取名：给早逝的长妹追取隆权，给二妹、三妹取名平权、公权，给后来出生的四妹取名均权。三妹公权高小毕业，柳母不赞成她外出求学，就请了位塾师教她专修国文，这位塾师不是别人，正是张农。后来，四妹均权在黎里女子小学就读，这样，张农又成了均权的老师。张农长柳亚子九岁，柳亚子读过他的诗文，敬佩他正直的人品，称他是位“饱学宿儒”。

随父就读的张应春，与小她两岁的柳均权成了同学，而且还是同桌。两人相处融洽，成了亲密无间的好友。

张应春初到黎里女校，班上就有同学窃窃私语，以为她父亲当老师，女儿也许会倚仗父势，不守校规，或轻视他人，难与同学和睦相处。然而事实却大大地出乎同学们的意料，应春为人爽直，待人诚恳，且勤奋好学，成绩良好，数学尤佳，很快赢得了同学和老师的好感。

十月初一这天，是张应春的生日。生日是个喜庆的日子，谁不想邀几个知心朋友在家里庆贺一番？可是放学的铃声早已响过，同学们都三三两两地回了家，唯有应春还独自留在教室，冥思苦想。

均权等得耐不住，跑进教室问："应春，别人都回家了，你怎么还不走？"

应春说："老师今天布置的数学题，有几道题我还没有解开。"

均权说："连你都没解开，或许大家都还没做好，回家再接着解吧。"

应春说："解题就是争时间比速度，我要力争最短的时间解好题，不能半途而废。"

均权觉得应春说得有道理，于是也坐到课桌上，打开书包，取出数学作业来做。

直到沉沉的暮色爬进教室的窗棂，她俩各自坚持独立完成了所有的数学作业，才收拾书包，雀跃而归。一年一度的花季生日，早已被应春远远地丢到了脑后。

当时，学校规定学生上学都得穿统一的校服：白色或玄色的斜襟短褂、长裤。这一天，柳均权上身穿的，却是一件簇新的蓝底白花布马夹，显得特殊且惹眼。这新马夹是家里刚给她做的，均权很喜欢，大约是想在班上的同学面前显摆一下。

课后，应春一声不响地把均权拉到操场上，对她说："均权，你是不是觉得自己很特殊，可以不遵守校规，不穿校服了？"

均权的脸红了，说："我没想到这么多，同学们是不是都在议论我？”

应春说：“是啊，同学们都知道你哥哥是倪校长的朋友，知道我是张老师的女儿，所以大家都特别注意我们的一言一行。”

接着，她又若有所思地说：“你哥哥把你取名均权，把你姐姐取名平权、公权，不就是为了倡导人权，倡导天下人权利均等吗？我们虽是女生，也不能小看自己，要以天下为己任啊。归结到一件小事，也要起到表率的作用，不能辜负了你哥哥的希望。”

均权对应春的劝导心服口服，对她心怀天下的志向很是敬佩。她连连点头道：“应春姐，你说得对，今后我会注意的。”

少年应春，立志以天下为己任。这远大的抱负，此时已在她的心里扎了根。

8

年号，是封建王朝纪年的名号。张应春出生在公元1901年，按清代纪年，就是光绪二十七年。1912年，中华民国成立，改以“民国”纪年，这一年就是民国元年。袁世凯窃取大总统职位以后，在帝国主义支持下，一心复辟帝制。1915年起，时局益趋凶险。乘西方列强卷入第一次世界大战之机，日本妄图一举独吞中国，在对山东进行军事侵略后，又以支持袁世凯称帝为诱饵，提出灭亡中国的“二十一条”。经过数月秘密谈判，5月9日，袁世凯不惜出卖国家主权，接受“二十一条”。灾难深重的中华民族，正迅速坠向亡国的黑暗深渊。12月中旬，袁世凯粉墨登场，接受百官朝贺，宣布承受帝位，改国号为“中华帝国”，改年号为“洪宪”，以1916年为“洪宪元年”。同时，下令严禁反对帝制的活动，并加紧筹备“登极大典”，准备于1916年元旦正式登上皇帝宝座。袁世凯黄袍加身的复辟丑剧，激起天怒人怨。

在黎里女子小学，每个教室都设立了《课堂日志》，内容包括当日课程、班级情况等项，最后是年号和月、日。每天由值日生负责填写。

1916年初，校方迫于政治压力，规定学生记载《课堂日志》时，一律使用“洪宪”年号。这天，轮到张应春和柳均权在班上值日。应春虽然只是个小学女生，却在父亲的影响下，十分关心时事。她对复辟倒退的袁世凯早已咬牙切齿，义愤填膺，眼下正是一个付诸行动的极好机会。而均权，受到她哥哥柳亚子一系列反袁诗文的激励，亦是同仇敌忾。她俩悄悄地商量了一番，应春在《课堂日志》最后赫然填上“民国五年”四字，还在大庭广众之下，痛斥袁世凯的倒行逆施。黎里女校一片哗然。许多人暗暗称道，看不出两个平时安静文雅、遵纪守规的女生，在大是大非面前，会以自己的方式做出惊人之举。

对于袁世凯的复辟丑剧，张农与一切有良知的人们一样，满腔愤慨。他以《艾虎》《角黍》《蒲剑》《钟馗》为题，作有“端阳杂咏”七绝四首，愤怒抨击“独夫民贼”袁世凯。例如《蒲剑》一绝云：“不是干将与镯，青蒲三尺影飕飕。尽它驱得妖魔尽，难斩人间国贼头。”《钟馗》写道：“灵符一幅挂当门，镇恶驱邪俗尚存。旷世不逢钟进士，任他鬼蜮满乾坤。”字里行间，燃烧着熊熊怒火。对女儿这种初生牛犊不怕虎的反袁举动，他打心眼里暗暗赞赏，感到莫大的振奋。然而，他也囿于环境，怕女儿遭到不测，违心地出面干预，劝说她们要服从校方决定，在《课堂日志》上改写年号。但应春执意不从。校方只好将那页《课堂日志》销毁了事。

这件事后来传到了柳亚子的耳朵里。有一天，均权邀应春到家里玩，正碰上柳亚子在家。均权把应春拉到哥哥的书房，跟哥哥介绍道：“这就是我同桌张应春，教国文课的张老师女儿。”

柳亚子高兴地站起来：“哦，你就是应春啊，小妹早就跟我说起你，说你很照顾她，自从认识你，她就多了个姐姐。还有你父亲鼎斋先生，我们早就熟识，他诗文俱佳，是个好老师啊！”

张应春此前跟均权来过柳家，也看见过柳亚子。柳家是个大家庭，经常客来客往，高朋满座，加之柳亚子比她大十四五岁，所以彼此都没有去注意对方。但柳亚子和蔼的笑容，一下子拉近了他们的距离。她觉得传说中那个才气傲人的诗人，原来如同邻家大哥一样平易近人。于是她大大方方地说：“亚子先生，我爸常说他是亦耕亦读的农夫，你才是真正的诗人。要说同桌以来，我跟均权学了很多东西，是她对我帮助很多。”

柳亚子笑了：“你俩倒是配合得好啊，‘年号’风波都传到我这里了。小小年纪，能够关心国事，反对复辟，哥哥支持你们。”

柳亚子的话，让应春感到注入了一种从未有过的力量。

青出于蓝而胜于蓝。十六岁的张应春，承袭着父亲的爱国情怀和正直性格，却又显示了新一代人嫉恶如仇的刚强秉性，民族国家意识和济世拯民的爱国主义思想种子，开始在她的心里悄然萌发。

第四章
报考女子体校强身健体　苦练闻鸡起舞不负光阴

9

1920 年夏，张应春从黎里女子学校高小毕业，准备继续求学。经过一番慎重的考虑，她和父亲的目光都聚焦到了上海，聚焦到了与国人身体健康密切相关的体育教育，而且是女子体育教育。

鸦片战争后的中国，国力孱弱，士气不振。西方殖民者视中国人为“东亚病夫”，侵略步步深入。以康有为、梁启超等人为代表的新兴资产阶级改良主义者认识到，中国积弱之本“必自妇女不学始”，而“强国必须强民，强民必须强种，要有强壮的母亲，才会有强壮的儿女”。辛亥革命后，蔡元培等有识之士更关注女子人格独立的培养，认为女子要建立健全的人格，首要的就在于体育教育。身体是人格精神的载体，健全的精神和人格在很大程度上依赖健康的体魄。旧式女子养在深闺，因为身体孱弱，事事必须依赖男子，所以根本无助于独立人格的培养。要消除对男子的依赖，第一步就是女子自己要有健康的体魄，能够自食其力；并且出于革命的需要，提倡女子习武，这样既可以达到锻炼身体的目的，还能有自我防卫的能力。

在黎里女校时，张应春就爱好体育，注重锻炼身体，很是喜爱女校每周两节的体育课，特别是体操、游戏等课程。她从体育或游戏中感受到体育锻炼的魅力，不仅使平时受压抑的紧张情绪得以释放，感到身心舒畅，还能培养意志和促进大脑反应能力。她常说：我们女子要想与男子平等，就要自己有个好身体；养在闺房里的金丝鸟，哪能经受大自然的风风雨雨？！

父亲张农也很支持女儿学习体育。一方面，他特别希望女儿有一个健康的体魄。他和妻子生养了七个孩子，但由于身体原因，有三个孩子都是小小年纪就夭折了。唯一的儿子祖望，也是体弱多病，让他伤透了心。另一方面，他在女校教书这些年来，有个深切的体会，女子体育师资非常缺乏，很多女子学堂的体操一科往往有名无实，形同虚设。而应春自小没有缠足，运动自如，体质又好，体操又是她的爱好，所以让她就读体育学校不失为一个上佳选择，学成之后，亦可像他一样从事教育事业。

他们之所以把目光投向上海，一个原因是家乡葫芦兜与上海离得近，水陆路途加起来也就一百多里，往来便利。上海于鸦片战争后开埠，西方殖民者纷涌而至，先后设立英租界、法租界、美租界。租界是帝国主义侵华的基地，是中国人民屈辱的象征，但也是中西文化汇聚之地；同时，作为一个国中之“国”，租界所拥有的治外法权，使在租界内各种势力包括革命党在内都能利用它得到一定程度的庇护。到清末民初时，上海已成为中国最大的城市，也是国际上著名的通商巨埠，各行各业领风气之先。

另一个原因是上海的女子体育教育经过十余年的发展，已经具有一定的规模和影响力。上海务本女塾，于1906年率先举办“暑期女子体操传习会”，开我国培训女子体育师资之先河；两年后创办的中国女子体操学校，后改称中国女子体育学校，则是我国第一所女子体育专门学校，造就了我国首批女子体育骨干和女子体育教育者，近年来在江浙沪一带可谓闻名遐迩。

张应春报考的就是上海中国女子体育学校。

中国女子体育学校是在中国体操学校女子部的基础上创办的。1907年11月，徐一冰、徐傅霖、王季鲁、虞洽卿、席子佩、黄公诚、石仙舫、师锡彤等八人在上海北浙江路华兴坊创办中国体操学校。办校宗旨为“提倡正当体育，发扬尚武精神，养成完全体操教师，以备教育界专门人才”。第一任校长徐一冰是浙江吴兴（今湖州市）人，他抱着“立志兴中华，学武走东瀛”的宏愿，早年留学日本大森体操学校，期间加入中国同盟会。他不仅是一位经验丰富的体育家，也是一位具有远见卓识和强烈事业心的教育家（徐一冰有三女二子，大儿子徐迟，为当代著名作家；小儿子徐舜寿，为新中国第一架喷气式飞机的设计主持人）。建校之初，他就经常勉励师生：“强国之道，重在教育；教育之本，体育为先。”

当时的中国社会，以“三寸金莲”“纤纤素手”为女子美姿，忽有露足习武、舞拳弄刀者，则被视作伤风败俗之类。然而，中国体操学校的办学者不顾封建势力的阻挠和旧习俗的束缚，设立了女子部，旨在“施以适当之教育，养成智识技能完全之女教员”。他们大声疾呼：“女子为国民之母，欲强国民，更不能不谋女子之体育；为挽回女界柔弱之风，振发女子英豪起见，而提倡女界国技（武术）。”他们还撰文分析，体育与女子的健康美丽密切相关：“人之美有本体之美与装饰之美……适度之练习，皆可变为美人也；年华易逝，青春不再，苟能于青年时注意体操，则身强美貌自有术也。”在一个男尊女卑的年代，能大胆为女子说话，号召女子学文习武，尤其难能可贵。

中国体操学校女子部于 1908 年春天筹备招生，8 月 16 日开学，即正式定名为中国女子体操学校。王季鲁任校长，校址搬到上海爱而近路均益里五弄（今安庆路）。首届学员二十余人，大多来自江浙沪三地，都是“文理相通”、身体较为强健的不缠足女子。学制定为一年半，所授科目分学科、术科两种。学科包括伦理、教育、国文、英文、数学、体育学、绘画、音乐等课程；术科课程有兵式体操、器械体操（单杠、木马、哑铃、球竿、棍棒、木环等）、瑞典体操、豆囊、应用操、游技、教授法、射击术、拳术、武器等。其中尤以教授日本体操和舞蹈以及中国武术闻名。学生考核包括个人品行、体格状况及学科、术科成绩。术科由日本体操学校毕业生汤剑娥（中国体操学校创始人之一徐傅霖的妻子）担任教师和教务主任，学科教员均聘请当时上海的“积学之士”兼任。

王季鲁倾产办学，后因身体不佳，由体操学校首届毕业生华豪吾继任校长，校名改称中国女子体育学校，校址也迁至上海西门白云观南首安庆里。在经费困难、极其艰苦的办学条件下，女子体校办得有声有色，每年都要举办运动会，向社会展示女子体育的发展。辛亥革命爆发时，女子体校的全体学生成为中国第一批女学生革命军，投入光复上海的战斗。一时间，“学生娘子军，参战上海城”成为美谈。

张应春在黎里女校的学习成绩一直名列前茅。她身材略显丰满，性格爽朗，红扑扑的圆脸上洋溢着青春的光彩。父亲带她到女子体校报名时，招生老师对她格外看好，说她是练体育的好苗子，也具备一名体育教师的良好基础。经过考核，她的各项成绩优异，被准予录取。

张应春踏进女子体校的这年秋天，上海刚刚接受过轰轰烈烈的五四运动洗礼。各种进步社团、进步报刊宛如雨后春笋，各种新的社会思潮蓬蓬勃勃纷至沓来。这位女子体校的新生，从穿上白褂、黑裙的校服那一刻，就扑闪扑闪瞪大了热切好奇的双眸。是的，急剧转折的历史，为人们敞开了新文化、新思想的大门。满怀求知渴望的张应春，就像一尾活泼的鱼儿，一下子遨游在波翻浪涌的大海中。

10

至今保存在南京雨花台革命烈士纪念馆的张应春《辛酉日记》，留下了她当年学习生活的印记：

十二月九日，星期五，天晴……下午上了两课图画，是写生画，钱老师教我们透视的方法，很快就明白了。……我今天所绘的物品，已能知道它的绘法，可到了下星期再画别的，恐怕就又不知道了。可见学问是没有穷尽的，这话很有道理，而且在我们学生时代，万不可以存满足的心思。今天虽已知道，一定要推想不知道的地方才好……

十二月十日，星期六，天气同昨天……第一课是英文，回读课文和学拼法。下面三节课都没有上，预备纪念会。下午上了两节课的球技，即准备外出表演的事宜，因为晚上博文中学在宁波同乡会馆开游艺会，我们有一场舞蹈表演。晚饭后，我和同学们乘电车到西藏路宁波同乡会馆。博文中学的校长黄绍兰接待了我们。大家在休息室换了服装，听到笛号一吹，台前的红幕徐徐拉开，便振起精神，到台上表演起来。夜十一时回校。

十二月二十二日，天气半阴半晴……下星期二要考试了。同学们听着后都害怕，我独不怕。为什么呢？并不是我比他人高明，实在是我知道学校之所以要考试的缘故，不过是叫我们温习罢了。……所以我对于考试，非但不害怕，而且很赞成。

十二月二十六日，星期一……第一节是英文课，张老师让我们考解释读法。我昨天虽然预备了半天，读得仍旧不好，很惭愧，足见我平日这课没有用功，在临时要预备起来，还是来不及了。我想以后不要这样怠惰，在平常时总要用功努力，不要临渴掘井才行。

十二月二十七日，星期二……午饭后，到公共体育馆体验身体。我的肺活量、体重、身高都比去年长了些，足见我的身体比去年强壮了。返校后，已三时，上了一节教育课，又到应接室里弹了一刻钟的琴。

十二月二十八日，天晴……午饭后，写了几封信回复同学，大约述及放假期间的事情。一时上课，是国文，吴老师给我们新讲了一篇《相州画锦堂记》，这是欧阳修作的，句句紧俏，段段精妙，且立议魏公（韩琦）光烈，很是显著。吴老师讲得很是详细，我读时，觉得很有趣味。

一月八日，天晴……收到两封信，还有一份我的分数单。我急忙取来一看，总平均虽然列入甲等，不过名次列入第三，比上学期退步了。我看后很有感触，想到退步的缘故，还是因我平常不太用功。不过见到球艺一科是乙等，而我在校时，侯老师告诉我是八十余分，这里不知道有没有搞错？很疑惑。我平常对球艺很喜欢的，所以前两学期都是甲等，只有这学期乙等，心中有些不快，并且不安，恨不得到校去问个仔细。

从日记中可以看出，张应春对自己要求非常严格。尤其在学习上，成绩为第三名她都认为自己退步了，是对自己放松了要求。抱着这样的态度去学习，当然会取得优异的成绩。

在生活上，张应春也特别注意养成良好的习惯。她不像那些城市绅富人家的女儿，零食罐头塞满在抽屉里，枕头边时常留着水果的皮和核，下课回来就捧着一面镜子，而是把有限的时间用于学习和参加有意义的活动。

她与来自松江的同学史冰鉴等人经常切磋技艺，几乎每天早晚都在一起体育锻炼。清晨，她们“闻鸡起舞”，练体操、舞蹈；晚上，她们练棍棒、单杠、哑铃或球艺。有一种刀舞，她与史冰鉴、杨玉珍、周葆铭、邵秀娟等五人合练。她们身着立领上衣，短袖到肘，束腰挺胸，下穿及膝的灯笼裤和长筒棉袜，舞步飘逸矫健，刀光剑影中更见飒爽英姿。

张应春到女子体校上学的第二年早春，和同学们参加了一次“上海联合急募赈捐大会”。会场设在南京路议事厅，出席会议的有上海军警商学各方和慈善机构的头面人物，加上其他中西方来宾共千余人。这次募捐活动主要为了援助北方五省四百多个县的灾区，那里赤地千里，饿殍载途，“每天约死四万人，即如保定一县，两月间已死四分之一”。报告人痛哭疾呼，听者无不动容，直到晚上七时才散会。

看到挂满会场的灾民照片，听到军乐声响起，张应春的心里悲壮交集。作为女子体校的学生，她和同学们还以哀伤悲切的舞蹈烘托了会场的气氛。第二天，她又参加了赈捐会组织的颇有声势的游行。沿途观者如潮，同声感叹。接着，上海各校男女学生约五千人，各自拿着竹筒，分往各条马路随处劝募。当天气温骤热，学生们个个口干舌燥、不辞辛苦，直到晚上八九点钟才陆续返校。

张应春在劝募时发现，那些社会下层的穷人，甚至是一些小乞丐，都捐出仅有的几个铜板；而那些富人或洋行里的白领阶层，明显鄙视学生们的行动，有人不得已掏出几角钱来，却又急急忙忙地收回一半到自己的口袋里去。

穷人反而慷慨，富人却很吝啬，这到底是怎么呢？难道真的是富人的钱，不是从光明的地方来，所以只能到不光明的地方去？张应春感到愤愤不平，又困惑不安。这次募捐活动毕竟是她第一次以志愿者的特殊身份去接触社会，第一次怀着满腔热情去“奉献”，然而在她面前呈现了社会赤裸裸的丑陋一面，她第一次感受到“碰壁”的滋味，甚至被富人当场羞辱，美丽的幻想顿时变得支离破碎。当然，她也真切地感受到社会下层劳动人民的善良、热情和慷慨。前后二者的鲜明反差，在张应春的心里掀起了波澜。她渴望来一场酣畅淋漓的春雨，洗涤这世间的一切龌龊。

第五章 假期回乡了解民情民意 抗议游行投身革命浪潮

11

每逢寒暑假来临，张应春就归心似箭地赶回家乡葫芦兜。

她在日记里详细记述了寒假返乡的经过和当时的心境：

凌晨四时，我就起了床，洗漱完毕，又整理了一遍行李。六时许，昨天雇好的人力车来了，于是上车赶往火车站。

一起同行的有四五个同学，想到快要返乡回家，大家的脸上多有欣喜之色。唯有杨玉珍，她送我们到车站，但因为假期里事情忙，她自己不能够回家，所以脸上有些愁容。在车站等车时，我们叙谈良久，朝夕相处的同学马上要离别一段时间，大家又忽而都有些感伤。七点一刻，我们上了车。随着一声汽笛长鸣，火车开动了，站在月台上的杨同学与我们挥手告别。

车上的几个同学都没有吃早饭，大家买了些点心，边吃边聊。火车奔驰，发出轰隆隆的声响，大家靠近在一起说话，心情也渐渐开朗起来。不觉数时过去，嘉善站到了，同学们把我送下车，依依不舍。我的行李多，找了个脚夫挑了行李，赶到码头，有一班小轮船到西塘，正好赶上了。从西塘到陶庄，只好雇一条小舟。天气很冷，有些逆风，船夫摇橹不像风平浪静时那样轻松，船头响着汩汩的水声。

赶到陶庄时，已是傍晚时分，太阳都落下了，离家还有十几里的路途。我心里很急，恨不得能飞到家中。但是，我想起父亲此前的来信，他似乎测算好了时间，叮嘱我到了陶庄后不要赶晚回家，行路不安全，就到镇上的姑母家住一晚上再回。也好，我挺想念姑母和表姐的，正好去她家。

姑母一家甚是欢喜。吃了晚饭，和表姐培基住一屋，相谈甚欢，也不觉得累，一直到深夜十一二点才睡下。

假期中，张应春忙着看望族中的长辈，忙着到黎里母校探访昔日的老师和同学，忙着和弟弟妹妹们做伴。人们惊奇地发现，这个浑身散发着青春气息的姑娘，言行举止不但越来越开朗豁达，而且总是带着一种令人刮目相看的新奇感觉。在明月朗照的夏夜，她会大大方方地往大伙乘凉的场地中央一站，潇潇洒洒地表演一番体操，或是手球；有时还拉着三妹秀春，一起唱《女学歌》，跳“麻雀与小孩”“月明之夜”“葡萄仙子”等舞蹈，逗得摇着蒲扇围在场边的大人小孩笑声不绝。

当然，闲暇时间，她也总爱坐在妈妈身边，跟她聊一聊上海和学校的新鲜事。妈妈感慨地说，幸亏当年没有硬逼你裹小脚，要不哪能到外面去看世界呀！妈妈还问她，以前教她的女红忘记没有，十字绣法还会吗？应春自信又俏皮地说，学到手的技艺哪能忘了？不信露一手给你看看！那两天，她果真绣了几个荷包和时新的名片袋，针法严谨，想象力丰富，尤其是金鱼、蝴蝶、花卉等，形象生动，栩栩如生。

辛酉年寒假的一天，张应春前去探望生病的叔祖父。大厅里，叔祖母正领着一家人替叔祖父斋“心官”，香烛高照，烟雾缭绕，八仙桌上摆满各种各样的祭品。接着，又由人捧着一个红漆大盘，左邻右舍一家一家去送寿酒，人人都是满脸虔诚的样子。大家都说，斋了“心官”，叔祖父的病很快就会好的。但接受过科学思想的张应春却深感忧虑，一个人患了疾病，或是受了风寒，或是受了疫气，或是因为长期劳累，或是吃了不洁的食物所致，应该看医生，服药医治，光靠求神拜佛有什么用呢？她禁不住感叹：封建迷信，害人害己，我们什么时候才能把它彻底摒弃？提倡科学、反对迷信盲从，任重而道远！

张应春的外婆家，在离陶庄镇几里路的金家湾。九舅是外婆的小儿子，在家一直受宠，很少参加劳动，还染上了吸鸦片的恶习，将家里值点钱的东西都卖光了，甚至卖掉了外婆给自己预备的寿衣。有一次，张应春和弟弟妹妹一起去外婆家，喊九舅，九舅窝在房里就是不露面。张应春灵机一动，拿起九舅的鸦片烟枪，凑到眼前，大声叫道：“看西洋镜！快来看西洋镜！啃，黄包车！汽车！洋房！大轮船！……”小妹留春接过来一看，却什么也看不见，正要着急，大家哈哈大笑。原来，姐姐的意思是，九舅的一根鸦片烟枪，把家败光了，把什么都烧得精光！应春虽没有直接批评九舅，但让他知道了自己在晚辈眼中的不堪。这一招对九舅还真的深有触动。后来，在大家的劝导下，九舅果然戒掉了鸦片，身体也好起来，不但下田干活，还专门为一家窑厂运送柴草，开始自食其力的生活。

寒暑假期间，张应春经常在乡邻们傍晚收工以后，冒着尚未消退的暑热，或是顶着凛冽的寒风，一家家串门走户，了解民情民意。乡邻们一年四季日出而作、日落而归，却依然摆脱不了生活的穷困窘迫。尤其是一些佃农，甚至衣不遮体，常常揭不开锅。

春节前的一天，张应春到一户佃农家串门。这户人家有三个孩子，大的七八岁，小的只有三四岁，个个衣衫褴褛。她带了包点心给孩子们，三个小家伙眼睛放光，高兴坏了，却又小心翼翼地不去动那包点心。孩子的妈妈告诉应春，家里一年忙到头，也没落下钱，外面还欠了些债，这不几天就要过年了，想给孩子们买块肉包顿饺子都没有钱。唉！孩子们太馋了，你送的点心得留着，等年三十晚上再分给他们。应春听了这话，拉起孩子们长着冻疮的小手，禁不住流下泪来。第二天，她就买了块肉送到这户穷苦人家。那天她跟父亲说起这事，心情仍然愤慨不已："农民一年到头辛勤劳作，反而不得温饱。这样不合理的制度，一定要把它彻底铲除！"

12

辛亥革命之后，中国人民的深重苦难并未随着清王朝的垮台而得以改变，封建军阀与其背后的帝国主义势力相互勾结，割据一方，连年混战，民不聊生。置身于上海这个"冒险家的乐园"，张应春越来越深切地感受到问题的症结。

1919年初，第一次世界大战的战胜国在法国巴黎近郊凡尔赛宫召开战后"和平会议"，中国作为第一次世界大战协约国之一，参加了会议。中国代表在会上提出废除外国在中国的势力范围、撤走外国在中国的军队和取消"二十一条"等正义要求，但巴黎和会不顾中国也是战胜国之一，拒绝了中国代表提出的要求，竟然决定将原德国在山东攫取的一切权益转由日本接管。消息传入国内，激起全国人民的强烈抗议。5月4日下午，北京大学等十几所学校三千余名学生聚集天安门广场，喊出了"外争国权，内惩国贼""废除二十一条""誓死力争""还我青岛"等口号，一场轰轰烈烈的反帝爱国群众运动随之爆发，革命浪潮迅速席卷全国，各界民众同仇敌忾，共同奏起一曲浩气长存的时代壮歌。6月5日，上海工人自动举行罢工，支援学生的反帝爱国斗争。以日商内外棉第三、四、五纱厂工人带头，全市六七万工人罢工。同时，上海商人也举行了罢市。一些地方的工人、商人积极响应，推动了斗争的发展。迅猛扩大的斗争形势迫使北洋政府释放了被捕学生，卖国贼被罢黜，和约被拒签，这场反帝爱国运动取得了初步的胜利。

但是，帝国主义列强并未就此甘休。1921年底，美、英、法、意、日及中国等九国在美国华盛顿举行会议，试图解决巴黎和会未能解决的彼此间关于海军力量对比及在远东、太平洋地区特别是在中国的利益冲突。实质上，这是1919年巴黎和会的继续，是由美、英、日三国操纵，帝国主义列强钩心斗角、妄图瓜分中国的一次世界性会议。会上，关于中国问题的《九国公约》，肯定了美国提出的“各国在华机会均等”和“中国门户开放”的原则，确认帝国主义列强共同统治中国的局面。中华民族，再次濒临被瓜分的危险！上海及全国各大城市迅速掀起了如火如荼的抗议运动。

正在中国女子体育学校就读的张应春，满怀激愤之情，风风火火地投身抗议浪潮。12月7日下午，第二节舞蹈课后，她和本校的另一位学生代表一起匆匆前往四川路的青年会，参加上海各校学生代表会议，讨论翌日下午参加上海各界国民大会的有关事项。与会学生代表七八十人，济济一堂；会场秩序井然，气氛热烈。会议主席作报告之后，代表们一个个争先发言。第二天上午上了两节课后，她继续参加会议。这次会场上多了两位旁听员，他们是从西子湖畔风尘仆仆赶来的杭州学生联合会代表。张应春参与其中，深深感受到了血气方刚的同龄人高昂的爱国热情。同时，她也代表女子体校汇报了本校学生参加大会活动的组织准备情况。

这天午后，暖日当空，上海各界国民大会在南火车站沪军营操场召开。张应春手执小白旗，走在女子体校学生队伍的前列。沪军营操场上人山人海，人头攒动。人们个个神情肃穆，满面愁容和怒容。

特别触目的是那些晃动的一面面小白旗，简直成了白色的海洋。那上面写着一条又一条标语："否认'二十一条'！""拒签《九国公约》！""打倒帝国主义列强！"此情此景，又令人心潮涌动，热血沸腾。

大会上，上海各界代表一一登台讲话，愤怒揭露、抗议帝国主义列强的罪恶阴谋，惊天动地的口号声此起彼落。大会结束后，四万五千余群众举行了示威游行，浩浩荡荡的游行队伍犹如一条愤怒的巨龙奔腾向前。这一天，直到夜色降临，五彩缤纷的霓虹灯亮起在高楼大厦，张应春才和同学们回到学校。

深夜，张应春的心情还是久久不能平静。坐下来写日记时，她的眼前仍是满会场飘扬的小白旗。她提笔写道：那么多挥舞的小白旗，那么多群情激愤的标语，这是我从没有见到的……心里很是矛盾，是凄惨，悲哀，又是振奋，欣慰。为什么？看到成千上万的人面带愁容，挥着白旗，就好像在办丧事，好像亡了国一般，所以我感到悲哀和凄惨；然而，国民们对国家前途如此关切，学生们的爱国激情如此高涨，大家把民族国家的事情担上肩膀，这又让我看到了希望，所以我既欣慰又振奋。

远在大洋彼岸的华盛顿会议，关系到国家和民族的命运，让无数关心国事的中国人揪心牵挂。在此期间，张应春的心头始终像压着一块沉重的石板，天天悬念着从会上传来的消息。一有间隙，她就一头扎进学校的应接室，翻阅每天的报纸。12 月 21 日上午，四堂课刚刚结束，张应春又匆匆跑到应接室，将当天报纸拿到手里。报载：华盛顿会议上，中国代表提议废除"二十一条"，日本代表却拒绝讨论，其他各国代表亦持同样态度。中国代表于是宣布，若不讨论"二十一条"，前所议决的事项一律推翻，不同意作为大会的决议。读到这里，张应春锁紧眉头，不由得焦虑万分。她想：政府卖国，民众麻木，只有几个有些勇气的外交官，又有什么用呢？

报上还刊载消息：美、英、法、日四国结成"协约"，订立《四国条约》，而中国代表提出的关于取消领事裁判权、撤走外国军警、关税自主、取消租借地和势力范围等合理要求均遭列强拒绝……张应春读后，更是忧心如焚：帝国主义列强“协约”和好、相互勾结，实际上正暴露了他们的狼子野心，他们是为了联手鲸吞蚕食和瓜分我们的中华大地啊!

张应春独自坐在应接室里，心情格外沉重。这时候，有同学喊她去玩，她默默地摇了摇头。直到午餐铃声响过好一会儿，又有几个同学喊她去打饭，再去晚就没有饭吃了，她这才缓缓直起身来，朝食堂走去。

这年寒假回到家里，张应春见到从苏州放假回来的堂弟张鑫长，两个青年学生谈起华盛顿会议，谈起上海各界国民大会的种种情形，仍然心潮澎湃，感慨不尽。可以说，参加华盛顿会议期间的这次抗议游行，是张应春投身革命浪潮的第一步，也由此引发了她对国家和民族命运的思考，忧国忧民的情怀在她心中激荡。

1922 年 2 月 6 日，经过近三个月的明争暗斗，华盛顿会议终于宣告闭幕。《九国公约》在法律形式上结束了日本对山东的军事占领和政治控制，但代价在于，中国不仅要偿付高额的铁路赎金，而且，条约中开放胶州为商埠的规定，实际上是使山东敞开大门任由帝国主义各国共同侵略。

正如当时的《共产党》月刊封面“短言”指出：“（华盛顿会议）就是英美日处分中国的会议，什么正义人道，就是掠夺和分赃；什么门户开放，就是自由到中国夺取富源；什么机会均等，就是均分中国财富；什么领土保全，就是把空壳留下来利用那班中国的政客军阀做他们的账房和监工者，来搜刮压榨中国无产阶级供给他们的利益!”

在帝国主义势力操纵下，中国各派军阀展开了更为激烈的争夺，中国政局陷入了极度的混乱。

第六章 厦门海边遥望北方 柳氏诗人热忱引领

13

1922 年农历四月，布谷声声中，枝繁叶茂的江南孟夏已然到来。二十一岁的张应春从上海中国女子体育学校毕业。她毅然辞别父母弟妹，远赴福建厦门厦岭学校担任体育教师。

厦岭学校在厦门的鼓浪屿。早在第一次鸦片战争时期，英国舰队攻占鼓浪屿，在山顶设炮台控制厦门，清政府和英国签定了不平等的《南京条约》，厦门成为五个通商口岸之一。1902 年，鼓浪屿被西方列强正式明确为公共租界，陆续有十三个国家在此设立领事馆，各国传教士、富商在岛上相继建立教堂、学校、医院、公馆、洋行等。

张应春远离家乡，远离上海，来到这东南一隅，可以说是举目无亲、倍感孤独。特别让她难以忍受的是，在这个西方列强操控下的公共租界，周遭的环境如同一潭死水，让她非常压抑。她经常碰见国人在大街上横遭外国巡捕阻拦、搜查的情形，又见炎炎烈日下，中国苦力们挽着大石磙碾压道路，外国人却佩着手枪在一旁监视。中国的土地上，竟由外国侵略者作威作福，而中国人却备受欺凌，让她深受刺激，痛感民族的耻辱。毕竟，在女子体校上学时，她参加过国民大会，她走上街头抗议游行，接触过反抗帝国主义的民主革命新思潮，那样的情景让她难以忘怀，这一颗激荡的心再也不想被禁锢、被窒息！

在教学之余，张应春常常走到海边，看蔚蓝色的海水追逐着的浪花，一朵谢了，一朵又开了，周而复始，永不停歇；到了涨潮时，海浪一个连着一个向岸边涌来，像一座座滚动的小山撞到海边的礁石上，溅起好几米高的浪花，发出阵阵轰响……每当此时，她的内心就难以平静。她遥望北方，想念亲人，回味学生时代那激情澎湃的火热生活。

当然，作为一名体育教师，张应春一直尽心尽职地发挥自己的特长，在课堂、在操场上传经授业。她的扎实功夫和灵活技巧，她的青春活力，犹如一股清新之风吹皱一池春水，让师生们耳目一新，深受学生的喜爱，也得到了校方的肯定。然而，就在张应春担任教职的第一个学年即将结束阶段，她的右脚突然染上了“丹毒”，病症来势凶猛，不仅疼痛异常，还很快就难以行走和站立，无法进行体育课的示范和教学工作。因此时已经临近暑假，她只好跟学校告假，提前返乡就医。

张应春拖着病足，辗转千里，疲惫不堪地回到家，父母大吃一惊。他们看到女儿的右足及小腿已经红肿得变了形，伤口渗液感染，禁不住心疼得流下泪水。第二天，他们就将女儿送到离家较近的芦墟医院，让她住院诊治。同时，他们已经暗暗商定，女儿治好足疾后，也不让她再到那么远的地方去教书了。

张应春在芦墟医院住院近两个月，经过治疗和家人的精心照料，终于痊愈出院。回到家，父母就跟她谈心，说让她一个女孩子远离家乡，在偏僻的海岛上教书，他们实在不放心。他们宁愿她不去挣钱，也不打算再让她走了。母亲说着说着，就流下眼泪。父亲则态度坚决地说："你先安心休养，厦门那边的教职就辞了吧，暑假后不要回去了。至于今后，凭你的本事，不愁找不到教书的地方。"

父母的劝阻，让张应春沉思良久。一年来，在鼓浪屿的孤寂生活的确让她难以忍受，但与学生们建立起来的感情以及校方对她的关照，又让她深为留恋。她没有立即答应父母，打算考虑几天再做决定。

住院期间，柳均权专门去探望过她。现在出了院，脚伤好了，张应春便心情急切地赶往黎里，想跟离别多日的好友聚一聚。

在柳家，张应春遇到了几年未曾见面的柳亚子。可以说，这一次见面，是张应春人生之路的新起点。

14

这些年来，柳亚子一直致力于南社事务，组织南社的多次雅集。1916 年，反袁怒涛卷地而起，袁世凯陷入四面楚歌的绝境，在全国人民的唾骂声中，他恼羞成疾，结束了可耻可悲的一生。但虎去狼来，袁世凯倒台后，黎元洪继任大总统，段祺瑞为内阁总理，不久冯国璋任副总统。北京政府仍然在北洋军阀的控制之下。对于时局，柳亚子观察深邃而情感悲愤，却又回天无力，以至情绪低落，消极退隐。但诗人的心依然应和着民族与国家的命运脉动，诗人的血管里依然流淌着热的血。

柳亚子的政治活动进入低潮的三四年里，却是他收集吴江地方文献的高潮时期。由于他呕心沥血的劳作，使大批甚有价值的乡邦文献得以保存，并传诸后世。同时，他常与南社诗友相邀冶游，其游踪由黎里拓展至汾湖流域。

1922 年，孙中山领导的护法运动在艰难竭蹶中出现转机。桂系军阀被赶出广东，孙中山于 1921 年 5 月 5 日在广州就任非常大总统，并发表对内对外宣言，积极准备北伐。柳亚子精神为之一振，撰七律《五月五日纪事》志喜：

十年三乱究何成？喜见南天壁垒更。
率土自应尊国父，斯人不出奈苍生。
白宫北美推华盛，赤帜西俄拥李宁。
我亦雄心犹健在，梦中无路请长缨。

“李宁”即列宁。柳亚子将孙中山与美国华盛顿、苏联的列宁相提并举。他做梦都想奔赴前线，以建功立业。他心情迫切，翘首盼望南师北征，早早结束长夜漫漫的军阀混战局面。

民族在觉醒，时代在召唤。诗人的心头不时溅起激越的时代浪花，紧紧应和着新文化运动澎湃的潮音。柳亚子是五四运动前后受新文化运动及十月革命胜利影响和鼓舞而逐渐接触、接受马列主义的革命者之一，在这一年撰写的《吴根越角》后序里，他宣称“醉心于马克思之学说，布尔什维克之主义”。出于对列宁的由衷崇敬，他署名“李宁私淑弟子”，并以此刻成印章一枚。

这年 9 月，柳亚子一家移居本镇的五亩园周氏“赐福堂”。这座深宅大院是周元理七十岁时建的私宅，较周氏“寿恩堂”宽敞气派许多。柳家典租的是其中两进宅院，柳亚子在院中的藏书楼专辟一间了“磨剑室书斋”，一尊孙中山半身铜像置于案头。

柳亚子“置身草芥”，却“放眼天涯”，在这“红潮新世界”里，盼望着和同志们“同为万里游”。他并不只做好高骛远的狂想，而是以实实在在的具体工作加入到革命斗争中去。

1923年初，柳亚子会同黎里区教育会等九个团体，成立《新黎里》报社，社址设在本镇庙桥弄县立第四高等小学。由他任总编辑，县立第四高小校长毛啸岑任副总编辑。毛啸岑是个二十四岁的有志青年，从此追随柳亚子投身革命。4月1日，《新黎里》创刊，柳亚子撰写了充满着高度的热忱、燃烧着火一样激情的《发刊词》。他已经认识到，在这新潮澎湃的时代，一个国家，如果不奋力前进，就会落后；世界在进步，各国都在发生着巨变，可是我们国家只有民主、共和之名而无其实，人民仍然在重重压迫下痛苦挣扎。要改变这种现状，就要从身边做起，顺应新潮，除旧布新，虽不能人人都有惊天动地的作为，但人人都为家乡尽其所能还是可以办到的。这种求新、求进、努力改变身边现实的思想，既是办刊宗旨，也是柳亚子以后言行的指针。

张应春与柳亚子的这次见面就在“磨剑室书斋”。那天，均权把她带到书斋，对正在埋头笔耕的柳亚子说：“哥哥，你看谁来了？”

柳亚子放下笔，转身打量眼前这位端庄健美的女孩。他笑了：“这不是你的应春姐姐嘛，稀客稀客！”

张应春说：“我哪是稀客，每次放假我都到府上来的，只是亚子先生太忙，不便过来打扰。”

柳亚子说：“你和均权是好姐妹，到这里就跟家里一样，不必拘泥哟。”

均权告诉哥哥，应春最近足疾刚痊愈，却又遇到了难题，有些拿不定主意，她建议应春跟哥哥聊一聊，或许能有些帮助。

“哦？”柳亚子应了一声，关切地询问应春的足疾康复情况，让应春坐下来聊。他身上有种诗人特有的气质，向来说话爽快又不失风趣幽默。他说女大十八变，应春这几年长高了，更健美了，自己站起来跟她一比，显得还没有她高，这让他“相形见绌”，很有些压力。

他这一句话就把应春逗笑了。她感觉还跟当年见到他一样，仍是邻家大哥一般，让她心情放松，不再拘谨。

他们的交谈从应春当下面临的选择开始，是留在家乡，还是去遥远的鼓浪屿？追忆到她在上海女子体校的求学经历，她参加国民大会和抗议游行的激情时刻，她在鼓浪屿的孤单和压抑……

柳亚子则从书桌上的几本《新黎里》，谈到陈独秀创办的《新青年》，从 1919 年的五四运动谈到俄国的十月革命，从领导护法运动的孙中山谈到他推崇的李宁（列宁）和马克思学说……

他们谈到了当下中国社会的黑暗，谈到了对封建军阀及其背后帝国主义列强的憎恨，他们找到了共同的话题和兴奋点。柳亚子广博而深邃的学识和他追求革命的豪情，把张应春的视野引领到了一片广阔而崭新的天地。

最后，柳亚子说倾向于她父亲鼎斋先生的意见，建议张应春辞去厦门的教职，留在家乡或离家乡较近的上海等地，肯定能找到适合她的工作。他说比如编辑《新黎里》，目前就需要一名像她这样思想进步的青年助手。不过，他觉得应春更应该发挥体育特长，从事教育事业。他说最近刚去了一趟松江，受邀参加那里的一所学校——“景贤女子中学”的暑期演讲会，给师生们作了一场演讲。景贤女中应该非常需要她这样的体育教师，他可以负责推荐。

张应春非常感激，当即表示，如果有这个机会，她愿意到松江的景贤女中任教。

柳亚子说，景贤女中的两位创办人与我有师生之谊，两人都还年轻，你们都是志同道合的进步青年。到那里，你一定能够有用武之地，能够做一番事业。

临走时，柳亚子还赠送了几期《新黎里》给张应春，欢迎她给这份半月刊撰稿。

第七章 景贤女中扬起人生风帆 救国图强参加反帝斗争

15

1923年秋，新学期开学，经柳亚子推荐，张应春来到江苏松江（今属上海）景贤女子中学任教。

张应春尚未到校，就对景贤女中有了大致的了解。这所女子中学，可谓五四新文化运动中绽开的一朵亮丽的奇葩。

时年二十八岁的侯绍裘，字墨樵，是景贤女子中学的创办人之一。他出生在松江县城的一个绅商家庭。侯家是松江大族，侯绍裘的童年，生活可谓体面，读书也很顺利。直到他十岁那年，父亲经商失败，不幸因病去世，家道从此衰落，让他体验到了生活的艰辛，感受到了底层劳动人民的生活疾苦。后来，侯绍裘先后考入松江华娄高等小学堂和省立第三中学读书，接触到了自然科学知识和一些西方近代的政治社会学说，受到了民主主义的最初思想启蒙。1918 年，侯绍裘以第二名的优异成绩考进了著名的南洋公学（上海交通大学的前身），攻读土木工程专业。五四运动爆发后，侯绍裘热情而又脚踏实地地投入到反帝爱国运动中，积极参加罢课斗争的组织工作，成了全校有名的积极分子。在强烈的救国救民思想驱动下，侯绍裘与时俱进，深层次思考民族国家的命运。陈独秀、李大钊主编的《新青年》，成为侯绍裘最早的马克思主义启蒙老师，促使他从一个激进的民主主义者向社会主义者转变。繁忙的社会活动耗去了他大量的时间和精力，但他的学习成绩在全班始终名列前茅。1920 年暑假，南洋公学校方却突然发出通知，声称侯绍裘“举动激烈，志不在学”，勒令他退学。许多同学愤愤不平，动员他去向校方交涉。侯绍裘却处之泰然，平静地说：“我的意志又岂是他们所能改变的！”从此，他脱离了学生生活，以改造社会为己任，走在通往革命的道路上。

这年秋天，侯绍裘前往江苏宜兴彭城中学任教。次年夏天，他回到松江过暑假。此时，松江私立景贤女校在封建势力的重重压迫下，经济枯竭，被迫停办。松江私立景贤女校创办于 1905 年，是江南最早的女校之一。清末民初，在同盟会女会员丁月心的主持下，松江首开女子入学读书的新风。对于景贤女校的停办，侯绍裘感到非常惋惜。一方面，当时绝大多数的妇女都没有接受教育的权利，也少有学习的地方，景贤女校的停办，对女子教育无疑是一个很大的损失。另一方面，在彭城中学任教的经历，也使他认识到，只传授科学文化知识，无法造就有志于社会改造的革命青年。为此，他四处奔走，发动地方上热心于教育事业又有办学能力的人，想方设法努力挽救景贤女校。

这时，曾任教于华娄高等小学堂的朱季恂从南洋爪哇回到家乡，热心办学。侯绍裘便辞去了彭城中学的教职，与朱季恂接办这所学校，改校名为景贤女子中学。朱季恂早年就读于上海健行公学，柳亚子曾在此任教，做过他的老师。受柳亚子等人的影响，他接受民主革命思想，加入了同盟会。健行公学解散后，朱季恂转学南洋公学，后因病辍学，1913 年到华娄高等小学堂担任教职。虽然当时侯绍裘已经从华娄高小毕业，但说起来朱季恂也算是他的老师，更是他南洋公学的学长。他们同心协力，分工明确，使得景贤女中绝处逢生。朱季恂负责学校的校务管理，主要负责争取外界的支持；侯绍裘担任教务主任，主管教学工作。

在经费十分紧缺的情况下，他们勤俭办学，还瞒着家人，把家里的田契拿出来抵押借钱，甚至变卖田产，资助办学。

办学伊始，在侯绍裘和朱季恂的主导下，一场全面系统的教育改革在景贤女中次第展开。当时的女校，虽然为了实现女子的受教育权做了可贵的努力，但普遍还是以培养贤妻良母为教育目的，教学管理和教学内容都带有传统的封建色彩。五四运动提倡的妇女解放也很少触及封建的教育制度。景贤女中发扬“五四”精神，以培养学生具有“健全人格”和“完备的知识”，促进“妇女解放”和“社会改造”为宗旨。

在教学管理上，景贤女中采取民主办学方针，实行校务、教务、经济的三大民主。学校开校务会议，吸收学生代表参加；学校凡遇重大事情或实行什么变革，都先与学生商量，平时欢迎学生对教学提出改进意见；学校经济账目完全公开。在教学内容上，既重视文化教育，又注重革新内容，致力于学生自主能力的培养。国文课以白话文为主。在教学方法上，强调结合实际，注重因人因地施教。

针对松江地区封建迷信影响较深、女学生胆子小的特点，在博物课的教学过程中，侯绍裘领着学生到城隍庙里去看泥菩萨；结合远足踏青，到郊野的荒冢地去看死人骷髅，讲解生物知识，普及科学原理。在侯绍裘大胆而内容丰富的教学活动中，景贤女中的学生们都受到了唯物主义和无神论的生动教育，留下了终生难忘的印象。

为了教育学生关心国家大事，学习新思想，走在时代的最前面，使她们真正能成为“改造社会”的一支力量，侯绍裘与朱季恂十分注重时事教育。尽管校舍紧张，仍专辟一间作为报刊阅览室，虽然不大，但《新青年》《星期天评论》《民国日报》等进步的报刊，都整齐地排列在书架上。对于这些进步书刊，侯绍裘与朱季恂首先阅读，凡重要的消息和评论，就提出来让师生共同研讨，不仅培养了学生阅读报刊的习惯，也引导师生关注、思考社会现实问题，拓展人生的视野，陶冶以国家民族命运为怀的人生追求。当时的共产党人邵力子为此在报上称赞景贤女中为“可敬的精神的处所”。

侯绍裘和朱季恂在为景贤女中的办学倾注心血的同时，一直关注着时局的发展，社会的进程。中国的历史，在这一时期翻开了新的篇章。

1920 年 8 月，中国共产党的最早组织在上海建立。参加者有陈独秀、李汉俊、李达、陈望道等。上海共产党早期组织由此成为各地建党活动的联络中心，起着中国共产党发起组的重要作用。紧接着，李大钊、张国焘、邓中夏、董必武、陈潭秋、毛泽东、何叔衡、王尽美、邓恩铭等分别在北京、武汉、长沙、济南等地建立共产党早期组织；施存统、张申府、周恩来等分别在日本东京、法国巴黎建立了旅日、旅法共产党早期组织。1921 年 7 月，在俄共远东局和共产国际的建议和支持下，经上海党的发起组筹备，在上海召开了中国共产党第一次全国代表大会，宣告了中国共产党的正式成立。中国革命的面目从此为之一新。

1922 年 6 月，由于陈炯明发动叛乱，护法运动归于失败，孙中山被迫离粤避沪。8 月 15 日，孙中山在上海发表宣言，重申为共和国而斗争的决心：“凡忠于民国者，则引为友；不忠于民国者，则引为敌。义之所在，并力以赴。”不久，共产党人李大钊从北京抵达上海，拜会孙中山，对他表示慰问和支持，并就振兴国民党以及国共两党合作问题多次交换意见。孙中山非常兴奋，亲自主盟，接纳李大钊加入国民党。接着，陈独秀、蔡和森、张太雷等共产党员亦以个人身份加入国民党。在共产党人帮助下，孙中山决心对国民党进行改组。翌年初，陈炯明被逐，孙中山重返广州，国民党加快了改组的步伐。

1923 年春天，侯绍裘与朱季恂一道，经邵力子介绍，抱着“改良政治”的初衷，加入正在改组的国民党。邵力子是早期的同盟会会员，也是南社的组织发起者之一，与柳亚子交谊深厚。早年，他与叶楚伧创办《民国日报》，加入中国国民党，后来与陈独秀等人在上海发起建立马克思主义研究会，并以国民党员特别身份跨党参加上海共产主义小组，转为中共党员。近年，他与于右任等人筹办国共两党共同创办的上海大学，任副校长、代理校长、校长。

上海共产党组织对侯绍裘的进步表现非常关注，同时注意到他与邵力子、柳亚子等人的密切联系。1923 年 7 月，中共上海地委为了贯彻党的三大精神，以沈雁冰（笔名茅盾）为首，建立了国民运动委员会，积极开展以国共合作为中心的统战工作。党组织负责人邓中夏、王荷波等几次来到景贤女中，与侯绍裘联系接触。随后，经邓中夏、王荷波介绍，侯绍裘加入中国共产党，在探求救国救民真理的道路上确立了坚定的信仰和终身的抉择。

根据上海共产党组织的指示，侯绍裘与朱季恂以半公开的身份，开始在松江教育界积极发展国共合作的国民党组织。他们以景贤女中为活动据点，成立“三五社”，意为“三民主义、五权宪法”，进行公开活动。国共合作的国民党松江县党部、江苏省临时党部就是在此基础上发展起来的。同时，在景贤女中校务工作的掩护下，侯绍裘进行深入的革命宣传发动，开展共产党和青年团的发展工作。

当时，由景贤女中发起，联合松江图书馆等单位，每年举办暑期学术演讲会，邀请沈雁冰、施存统、邵力子、杨贤江等知名人士前往讲演。1923 年 8 月，柳亚子应邀参加了第二次暑期学术演讲会。经他引荐，张应春于暑期后赴松江，担任景贤女中的体育教师。这所弥漫着浓浓革命气氛的学校，在踏上社会不久的张应春面前，敞开了一个崭新的天地。她满怀激情地扬起了人生的风帆。

16

景贤女中的校舍，是三大幢两进式的楼房，上面是宿舍，下面是教室，前后都是很大的天井，种着花草。这是借用的旧式住房，然而光线充足，十分整洁，充满生机。

为了培养学生独立思考和表达的能力，在侯绍裘的大力倡导下，景贤女中每两个星期举办一次星期日演讲会，教师、学生共同参加，演讲的题目有《妇女解放问题》《人道主义》《社会主义的目的和手段》《怎样健全人格和健全人格的必要》等，内容十分广泛。

开学不久，张应春就聆听了侯绍裘的一次演讲。侯绍裘演讲的题目是《我们应该做怎样的青年？》。台下不仅坐着景贤女中的师生，还有松江圣经学校同德会的进步青年。演讲中，侯绍裘深刻分析了“五四”以后知识青年的分化情况。他说，五四运动霹雳一声，把许多青年“震醒了”，出现了蓬蓬勃勃的气象和勇往直前的行为。多数人能激流勇进，但有的人却堕落下去，成为他们当初所反对的黑暗社会现实的一部分。有的“官僚化”，想钻入绅界，享受荣华；有的“资本化”——“以大资本家为偶像”，想当大资本家或追随大资本家，以求富贵；有的“学究化”——不问国事，当“玄学名士派”，或“一切怀疑，一切不信任”，专尚空谈，或热衷于“感情、恋爱、美”，一味追求个人的自由解放等。

张应春边听边思考，情不自禁地与自身的经历进行对照解析，好像惊醒之后擦着眼睛对自己审视一番。是啊，自己这一年多是不是锢蔽得太深了，畏缩得太久了，了解得太少了，历练得太浅了？她觉得自己这些天的迷惘、安于现状的生活虽然不是一种“堕落”，但也并非“激流勇进”，走在社会变革的前列。她庆幸自己在步入社会的关键时期，来到景贤女中，接触到了最先进的思想理念，接触到了实实在在、堪称楷模的师长。

接下来，侯绍裘真诚地希望，大家要做改造社会的革命青年，确立正确的人生观。他指出：“要认定一个人不是为一己而生，是为社会、为人类而生，以最大多数之最大幸福为人生的最终目的、最大责任，而以尽此责任为乐。”他举例说：“譬如我要争自由，如我得自由而社会也可得自由，则我在所必争；我虽得不到自由而社会却可得，我也为社会去争；我得而社会却被我妨碍，那我宁可牺牲一己的自由而为社会自由着想。”

为此，侯绍裘向有志青年提出了四个具体要求：一须勤俭耐苦，要能过最简单最低限度的生活，不要羡慕官僚和资本家剥削他人而过的奢侈生活，也不要投入官僚资本家的脚下，做他们的走狗虎伥；二要讲气节，“保持气节于不坠。小之则许多的人，因不耐过简单劳苦的生活而失节的。大之则就是卖国贼，也不过想不劳而得过奢侈的生活罢了”；三要奋斗并且要坚忍，“中国的国家社会都已腐败不可收拾了”，要改革它，不避艰险，不怕危难地去奋斗，单一时的奋斗还不行，并且还要齐心；四是不要因一时失败而灰心丧气，“要再接再厉，短兵相接，随时随地地奋斗”，要“成败利钝在所不计”，鞠躬尽瘁，死而后已。

最后，侯绍裘坚定地说：“这万恶的社会，终有一天被我们或被我们的子孙改造过来！”

侯绍裘发自肺腑、热诚恳切的话语在会场上掀起了阵阵热浪，激荡着广大青年的心胸。

张应春深深地感受到侯老师对青年人的殷切期望。他的演讲面对着台下数百个青年，但她感觉恰似与自己一个人语重心长地交谈；他犹如打开了一扇充满光明的希望之窗，引发她对社会和人生新的思考。侯绍裘恢宏的人生追求、坚定必胜的革命信念和忘我的奋斗精神，让她深受鼓舞，也让她越发敬佩。

在景贤女中，张应春很快加入了松江救国同志会。该会是侯绍裘、朱季恂在松江醉白池公园内联合各界爱国人士组织成立的，公开提出“打倒军阀，打倒国际帝国主义，铲除官僚政治，提倡社会服务”四项信条，每月在醉白池集会一次。张应春和云集于此的诸多进步青年，一起阅读《新青年》《前锋》《向导周报》《松江评论》等进步报刊，一起讨论社会改造，热烈发表讲演。

《松江评论》创刊于 1923 年 5 月初，侯绍裘主编，朱季恂、高尔松、姜长林等人共同编辑。它的宗旨为“批评地方时事，唤起革命精神，介绍新的思想，提高民众常识”，并努力促进地方的社会改造，激浊扬清，弃旧图新，影响广泛，在松江社会的深处激起了层层波澜。

张应春埋头研读，不断拓展视野，如饥似渴地吸收新鲜的精神食粮。她懂得了要解救中华民族，必须砍断帝国主义的魔爪，挣脱封建主义的锁链。

此时，放眼中国。北方，直系军阀曹锟逼退大总统徐世昌，迎接原任大总统黎元洪复职，后又派人对他进行恐吓，迫使其逃往天津，自己成了北京政府的新主人。在南方，从护国运动到护法运动，屡败屡战的孙中山在中国共产党和共产国际的帮助下，在着手改组国民党、重新解释三民主义的同时，再度在广州开府建政，开始抛弃对帝国主义的幻想，在外交上采取强硬的态度，要求西方列强交还被他们扣留的广东海关的关余款项，随之发生了广州“关余事件”。

所谓“关余”，《辛丑条约》规定，中国的海关关税作为赔款的主要来源之一，完全由帝国主义列强控制。列强每年把关税扣除赔款后的余额交还给中国政府，这就是所谓的关余。1919 年孙中山在广州成立护法军政府，西南海关实行自主，每年的关税偿付赔款后，约剩一千万元，都交与护法军政府。1920 年护法军政府分裂，关余遂移交给北洋政府。同年底，孙中山返回广州重组军政府，列强却拒绝把关余交给军政府。以后，军政府多次交涉，但列强一直拒绝孙中山的要求。1923 年春，孙中山重返广州组建政权后，广东革命政府多次照会北京外交使团，要求拨还应得的关余款，但列强一直置之不理，因而激起了全国广大民众的愤慨。

张应春参加松江救国会后，协助侯绍裘等人，积极开展反帝救国的活动。针对北洋军阀上演的政治闹剧，松江救国会发表宣言，提出鲜明的国是主张："此次北京政坛丑态百出，国家人格已为若辈扫地无余。……究应如何解决国事？惟孙中山先生手创民国，其所主张之三民主义五权宪法均为共和国家之根本，其所组织之广东政府，虽经变出非常，而纲纪仍维持不坠，非若北京政府之拥虚名，一朝变故而全体瓦解可比也。"最后呼吁："国内各团体能捐弃纷扰之主张，一致趋于孙先生旗帜之下，国事当可不日奠定。"

对于广州"关余事件"，松江救国会向欧美驻华公使团发出公函，严正指出："查关盐二税收入问题纯系我国内政，仅因其外债担保品故暂由列国共同管理，至抵偿外债后之余则更纯系我国主权，应由我国合法而为民意所公认之统治者自由支配，列国无干涉之权。"而后质问欧美列强："何得强取以供给北京伪政府，使即有以之扰乱广东并为祸于全国，是不啻干涉我国内政。"最后正告驻华公使团："北京伪政府始终为我国民所不承认之非法政府，而广东政府则为我国民意所公认之正式政府，其领袖孙中山大元帅尤为我国民所爱戴。故列国即不能一反从前之外交关系，正式与北京伪政府脱离而与广东民意政府携手，并将关余盐余等全数移交，至少亦不能强取广东政府辖境内之关税收入，内抵外偿债以外之盈余，以之供给北京伪政府而延长中国之祸乱也。"

由于孙中山在"关余事件"中义正严词的不懈斗争，在全国人民合力的抗争下，北京外交使团被迫于 1924 年 4 月 1 日做出将广东海关关余拨付给广州革命政府的决定。这是孙中山在同帝国主义列强做斗争中取得的一次完全胜利。

通过参与松江救国会在"关余事件"中的坚决抗争，张应春得到了一次很好的锻炼。她更加清醒地认识到帝国主义列强侵略掠夺的本性，也更加坚定地投身于反帝反封建的革命斗争。

第八章
排演话剧宣传妇女解放 剪去发髻挑战封建陋习

17

松江是一座文化古城，但因几千年的封建专制统治，封建势力在松江根深蒂固。对于封建势力以及社会生活中的陈旧陋习，结合自身的特点，景贤女中重视反对封建礼教教育，公开提倡“妇女解放”和“婚姻自由”。在批判“女子无才便是德”“三从四德”等封建道德观的同时，也严肃反对轻浮者的所谓“解放”，强调要养成正确的道德观念。

舞蹈和表演是张应春的特长，她协助侯绍裘等人，组织学生排练了《李超群的终身大事》和《女性之敌》等新剧，在学校的游艺会上向家长和社会公演。

《李超群的终身大事》以胡适的《终身大事》为蓝本，由侯绍裘在省立三中及南洋公学读书时的同窗好友赵祖康创作。胡适的《终身大事》是中国文学史上第一部白话剧作，最早发表在《新青年》上，描写了一个中产家庭的独生女，为争取婚姻自主而离家出走的故事。剧情虽然比较简单，但反封建主题鲜明，表现了婚姻自由的主题。《李超群的终身大事》则突破了胡适《终身大事》宣传妇女婚姻自主的局限性。剧中的女主人认识到争取恋爱与婚姻自由不是妇女唯一的终身大事，只有取得自己独立生活能力，才能争取到婚姻的真正幸福和自己的真正解放，因此毅然出走求学。这在当地民众中产生了深刻的影响，很多人深受感动，纷纷送女儿、儿媳、姊妹来景贤女中就读。

但是，这显然触动了当地封建势力衰弱的神经，他们视景贤女中的做法为大逆不道，污蔑景贤女中鼓励学生“放荡不羁”，“有伤风化”。有人化名“牛先生”，在反动势力把持的报刊上造谣攻击，竟然把社会上的淫荡行为归咎于景贤女中提倡的妇女解放。而一些社会上的浮浪青年，也乘机对景贤女中学生进行挑衅。

面对封建势力的反攻，侯绍裘、张应春等人并没有妥协，他们继续组织排练了《棠棣之花》《孔雀东南飞》等话剧，在游艺会上演出，大张旗鼓地宣传妇女解放思想，反击各种歧视、侮辱和压迫妇女的封建恶势力，既教育鼓舞了学生，也赢得了社会上广泛的同情和支持，弘扬了正气，压倒了歪风邪气。

景贤女中名闻远近，学生大增，校舍日显紧缺。学校把光线充足、宽敞明亮的房间，给学生做宿舍和教室，教师们则挤在一间狭小的屋内办公，几张桌子摆上，几乎没有转身的余地。学校成立校舍建筑费募捐队，开展募捐活动，准备建造新的校舍。募捐队共分十个队，张应春为第九队成员。她利用课余时间，带领学生走上街头。学生们的精彩演讲及体操、舞蹈表演吸引了松江民众的广泛关注，募捐活动得到了社会各界人士的响应和支持。

在日常教学和管理上，景贤女中注重教与学的协调一致，发起了学生评议教师的活动，让学生给每一位任课老师的教学打分，并提出自己的意见，既激发学生的民主意识，又起到督促老师的作用。这样的改革，让校园里充满了清新的民主气息，学校面貌焕然一新。学生学习努力，思想进步活跃，师生关系融洽。在每一次评议活动中，张应春都深得学生的喜爱，始终名列前茅。

18

绵延数千年的中国封建社会，女子在封建伦理道德的压力之下，除了受着重重精神枷锁的束缚，还留下种种陋习。如缠足、蓄发、束胸。在葫芦兜村，张应春就是第一个拒绝缠足的女孩，领风气之先。辛亥革命后，掀起“天足”运动，各地缠足的陋习才日趋减少。但是，蓄发、束胸之类依然如故。

所谓蓄发，就是女孩子从小就得留起头发，孩子时梳起辫子，成人后盘发髻。而所谓束胸，就是用一根长长的布条紧紧束缚着女子青春发育的胸部。

母亲金氏的凄苦遭遇，从小就在张应春心坎里烙下了难以磨灭的印记。此时，她已清楚意识到，千千万万中国妇女的深重苦难，其罪魁祸首就是万恶的封建伦理道德。提倡女子解放，就得以自身的行动向封建伦理道德挑战，向种种陋习开刀！

1924 年农历三月的一天，春光明媚，草长莺飞。张应春在宿舍前的花园里，面对满园春色，徘徊良久，回到宿舍后，她毅然操起一把雪亮的剪刀，“咔嚓”一声，发髻落地，剩下一头爽灵灵的齐耳短发。上课铃响了，她精神抖擞地走上操场，站在齐刷刷的一排女学生面前。女孩子们个个瞪大了眼睛，甚至交头接耳，啧啧称赞这位女体育教师莫大的勇气。大家觉得，张老师的齐耳短发配着她的秀眉大眼她的圆脸润肤，显得特别精神，也特别美丽！

但是，张应春的这一举动，立即遭到社会上一些守旧人士的非议。说女子剪发不美观呀；说习惯已然，女子不该剪发呀；说女子剪了发，男女还有什么分别呀？不男不女，伤风败俗！……面对汹涌而来的风言风语，张应春泰然自若，置之不理。她没有想到，具有一定民主意识的父亲张农亦不理解，竟为此大动肝火，写信严加责备。张应春一次次去信，耐心说服，然而父亲依然坚持他的反对态度。最后，她只得写信相告："大人苟终弗儿谅者，儿且远走北国，终身不复宁家矣！"这意味着向父亲下了最后通牒：你若再不原谅，我就永远不回家喽！父亲见她态度如此坚决，才不再提及此事。

1924 年暑假，张应春甩着惹眼的齐耳短发回到村上。葫芦兜里顿时像扔进一块大石头，浪花四溅。人们指指点点，议论纷纷。张应春依然故我，大模大样串门走户。假期中，经她说服，两个胞妹秀春、留春，两个堂妹同春、连春也都剪了发辫。走在村道上，人家叫她们"尼姑"，她们调皮地回击："做尼姑，给你念经！"

张应春给这偏僻的乡野，带来了一股新时代的春风。

这年 8 月，国民党吴江县党部成立之后，议决在全县秘密推进刊发《新黎里》等"新"字号报纸，侧重文字宣传，启迪民众革命思想。根据亲身感受，张应春挥笔写下了《对于本区女同胞的几句话·剪发问题》一文，发表在柳亚子主编的 11 月 1 日《新黎里》报。文章以雄辩的阐述，愤怒驳斥了社会上反对女子剪发的种种错误论调。提到"女子剪发不美观"时，她一针见血地指出守旧人士所谓"美观"的实质：

大家要知道人的美观不美观，是应该在精神和身心方面着想的，不该拿形式和外观来批评的。……再进一层讲，美观是什么？女子要讲究美观，究竟为了什么意思？咳，美观！美观！你个万恶的美观呀！我女同胞们为了你不知吃了多少苦楚！她们要借着你去求她们的丈夫或别人的宠爱，丧尽她们的人格——变成牛马奴隶，做人家的附属品……这都是你美观作的孽！因此一般觉悟的女子，听了美观两字就非常痛恨，好像遇着毒蛇猛兽一般，所以社会上的人，要讲美观两字来反对我们女界的剪发，恐怕非但不能阻止我们的进行，还会促醒我们的自觉吧！叫我们快去实行呢！

她还以自己的切身体会，宣传剪发的好处：

头发太长，藏污纳垢，尤其到了夏天，出了汗之后，就会有一股味道，惹人讨厌。如天天去洗涤，又特别麻烦费事。我剪短头发后，就感觉特别清洁，尤其是睡眠时感到非常适意，入睡快，睡得香。这是从个人卫生角度，我觉得大有益处。

女同胞们梳一次长发，盘一次发髻，至少要费去二三十分钟，一年统计下来，就是一百五十个小时！拿这每天梳头盘髻的时间，可以做多少工作啊！从节省时间的角度，短发大有益处。

另外，许多女同胞在头上花费很多金钱，什么押发呀、网巾呀、叉针呀、绒绳呀，缺一不可；那些有钱的贵妇人、少奶奶，还要朝头上戴金银、钻石、珠宝，动辄数百，甚至数万的花费，完全是奢侈浪费！如果拿这些金钱做各种有益的事情，如创办学校、助人升学、补济穷人等……那才是真正值得赞美的！

文章急切呼吁，迅速革除女子蓄发的封建陋习："我们吴江的女同胞们，大家快快行动起来吧！"

翌年1月1日《新黎里》报，张应春又接着发表了《对于本区女同胞的几句话·束胸和社交》一文，呼吁革除女子束胸陋习，提倡男女正常社交。

她从胸肺的功能、呼吸的原理论及束胸的危害：

我们人体的发育，应该顺其自然，这是一个由小而大、由青涩变成熟的过程。束胸，其实是违背自然规律的。从前缠足的害处，大家都已知晓，总算逐渐得以解放。哪知一波未平，一波又起，如今又出现束胸的恶习，来增添女子的苦楚。老实说，束胸的害处，恐怕比缠足还要利(厉)害，可能都会出现危及生命的害处！

因为我们身体最紧要的器官，就是胸腔内的心、肺等等，心肺的作用是泵血和呼吸，能使全身的血液变得清洁，再赖心脏的循环作用，输运到身体各部。你用一层层本来用以缠足的裹足皮把胸部紧紧地束缚住了，不让它发育，心肺就受到严重挤压，不能正常地工作，呼吸因之不爽，肺脏不得自由膨胀，空气未能充分交换，直接使肺部受害，血行受阻，因而发生各种疾病，难道这不是一个人最大的危险么？

我敢相信，本区里的女同胞，如果早明白这些害处，就不会有束胸这样的恶习了。间或有几位已经染上这种不卫生的习惯，是因为她们不了解束胸之害，以为用很紧很窄的小背心束缚着胸部，她们的乳房不能充分发育，以此为美观。读了拙作之后，希望赶快改正过来！我在此万分地盼望啊！

论及男女社交问题，张应春写道：

异性社交，已提倡了多年，我们当然承认这是一种好现象。不过对于社交的态度，我们却应该了解，不要产生错误的认识。近来经常听到一些男女社交方面的议论，感觉他们相互交往的态度，流于狂放失检。朋友间应有的庄严尊重被完全忽略了，旅馆成了集会之所，异性社交变成了玩弄感情、放纵欲望，咳！这种不正常的社交，不正当的态度，简直成了败坏两性交际的罪魁祸首！

第九章 加入改组后中国国民党 聆听共产党人诤诤教诲

19

1924 年 1 月，中国国民党第一次全国代表大会在广州召开。由于辛亥革命和以后历次斗争的失败及挫折，孙中山在十月革命和五四运动的影响下，在中国工农群众的推动下，在国际无产阶级和中国共产党的帮助下，总结了中国民主革命的经验教训，决定学习俄国革命的经验和方法，改组国民党，以振兴国民党进而振兴国家。

孙中山以总理身份担任大会主席，出席大会的代表一百六十五人。其中有共产党员陈独秀、李大钊、瞿秋白、毛泽东、林伯渠、谭平山等二十四人。大会通过了有共产党人参加起草的、以反帝反封建为主要内容的《中国国民党第一次全国代表大会宣言》，重新解释了三民主义，确定了“联俄、联共、扶助农工”的三大政策；选出了中央执行委员会和监察委员会，在当选为中央执行委员和候补委员的四十一人中，有共产党员李大钊、瞿秋白、谭平山、毛泽东、林伯渠等十人，约占总数的四分之一；讨论并决定共产党员和社会主义青年团员以个人名义加入国民党。这次大会标志着国共合作的正式开始，宣告了反帝反封建的革命统一战线的正式建立，波澜壮阔的大革命时代拉开了序幕。

松江景贤女子中学负责人朱季恂作为国民党江苏省代表出席了此次盛会。朱季恂从广州归来后，与侯绍裘一道，根据国民党一大通过的党章党纲，加快发展国民党在松江以及江苏各地的地方组织，推进国民革命在松江的展开。

不久，国民党上海执行部成立。这是国民党在广东根据地以外最重要的机构，统辖江苏、浙江、安徽、江西、上海等地工作，在上海法租界环龙路四十四号办公。国民党元老胡汉民、汪精卫、于右任等分任各部部长，毛泽东任组织部秘书兼代秘书处文书科主任。邓中夏、恽代英、向警予、罗章龙等共产党员，也都担负执行部各部门的实际工作。社会上一时称环龙路四十四号为“国共群英会”。随后，毛泽东、罗章龙来到松江指导国民党组织建设，侯绍裘专程前往上海，一路陪同。毛泽东、罗章龙的松江之行，大大推动了国民党在江苏地方组织的筹建发展进程。

这期间，张应春由侯绍裘介绍，加入了改组后的中国国民党。在这一个多月前，也就是1923年年底，柳亚子以同盟会会员资格，由同为南社社员的《民国日报》总编辑叶楚伧及陈去病介绍，加入了国民党。

张应春在此后一篇题为《入了政党以后》的文章里，从三个方面阐述了自己的想法。

关于政党，张应春认为，政治是全民大众都应该关心、过问的事情，不应为少数军阀、政客及其背后的帝国主义所操纵；而全民关心、过问政治，就必须要有政党，有一定的政治纲领，来加以引领；封建落后势力之所以反对和禁止教职工、学生入党，是为了继续作威作福，继续维持他们的反动统治。

张应春清醒地认识到，中国的现状，是受帝国主义列强侵略的时代，是受封建军阀压迫的时代，是资本家、大地主剥削工农的时代。所以大多数人民，占全国总人口百分之九十的工农阶级，受到深重压迫，在政治上没有权益，在经济上更是窘迫得走投无路。而中国国民党就是提倡打倒帝国主义、推翻封建军阀、铲除剥削阶级的一个政党。孙中山提倡的三民主义，就是民族、民权、民生。民族主义，就是要国内各民族一律平等，中华民族自求解放；民权主义，是要全民执政，使人民有选举、创制、复决、罢免诸权，以免少数人操纵；民生主义，是要拥护工农阶级，节制资本，平均地权，使国内工农业逐步发展，消除资本家、大地主对工农群众的压迫。

既然加入了政党，就要牺牲个人，服膺党义，努力革命，努力宣传，扩大党的影响和力量，则革命成功的期限就会一天天缩短。新社会就在眼前了，大家行动起来，向前冲锋猛进！

可以说，张应春加入国民党，深受侯绍裘、朱季恂、柳亚子等人的影响，她笃信孙中山的三民主义，勇敢无畏、满怀豪情地投身大革命的浪潮。当然，她对国民党的认识，有其当时的局限性。

与此同时，柳亚子从上海回到吴江，积极行动，一面八方奔波，四处联络，秘密发展组织；一面以《新黎里》和其他新字号报纸为阵地，濡墨挥毫，大造舆论，鼓动人们投身即将到来的大革命洪流。他发表了《国民救国的一条大路》一文，直截了当指出："要想救国，只有大路一条，就是加入孙先生所领袖的中国国民党，帮助孙先生去奋斗。"同时撰写专文阐述国民党党纲"三民主义"，撰写专文介绍国民党机关报《民国日报》。通过对上海祥经丝厂火灾惨案的论述，在《新黎里》报大胆公开号召："同胞们，快快投奔到中国国民党的旗帜底下去罢！ 前进啊！ 奋斗啊！"

这期间，柳亚子还发表了《青年应看的杂志和周刊》和一封致任梦痴的公开信，向广大青年读者热情推荐共产党人创办的革命期刊。其中，介绍蔡和森主编的中共中央机关刊物《向导》周报时云："处在军阀和外力压迫之下的中国人民，谁能引导他们向解放的路上走呢？只有马克思派陈独秀们所办的《向导》周报。"介绍瞿秋白主编的《新青年》季刊时云："《新青年》当为改造社会的真理而与各种社会思想的流派辩论。"介绍瞿秋白主编的中共机关刊物《前锋》月刊时云："这个月刊，是国民运动的一支尖兵，打头阵的前锋。"又在介绍《中国青年》周刊时云："中国青年的脑与血，都被老年的制度与学说麻醉得停止了。本周刊出来了，誓为麻醉物之死敌！"

通过柳亚子的介绍和侯绍裘等人的指点，张应春的学习热情愈加高涨，只要看到《新青年》《向导》《前锋》这些刊物，她就认真阅读，如饥似渴地汲取新思想的营养。

山雨欲来风满楼。柳亚子、张应春等革命先行者意气风发，急切呼唤奔涌呼啸的大革命潮头。

20

1924 年 1 月 21 日，无产阶级导师列宁逝世。消息传至中国，各地纷纷举行悼念列宁的活动。

柳亚子对列宁无比崇敬，曾在序文中自署为"李宁（列宁）的私淑弟子"。他在《哀悼列宁氏》一文中，称列宁的逝世，是"世界进化的不幸，人类的不幸"。又云："我哀悼列宁氏，更希望中国有列宁第二出世，替我们颓废的民族出一口气！"他指出："列宁的成功，是靠苏维埃联邦人民的拥护，我们中国有孙先生这样伟大的人物，倘然不能够合全国人民的力量去拥护他，那真是国民的羞耻，民族的羞耻了！"

侯绍裘在《松江评论》上发表了《列宁略传》，介绍了俄国十月社会主义革命的胜利，热情歌颂“列宁是古今中外空前的大伟人”，是终身为全世界包括中国被压迫阶级奋斗到底的“大英雄”。文章热切地希望中国人民尤其是青年，去研究和学习俄国，研究和学习列宁，去“比较参考”，以求“得到一个救中国的办法”，“得到一个立身的模范和指针”。文章实际上宣传了中国革命必须以马克思列宁主义为指导，联系中国实际，走十月革命道路的思想。当时在上海负责编辑《中国青年》的共产党人萧楚女对此作了高度评价。他说：“现在学习列宁精神的人很多，而了解他方法的很少——这正是一句对症的话。”

4 月初，侯绍裘等人联合松江各社会团体，举行了庄严隆重的悼念列宁大会。

在侯绍裘的邀请下，共产党人恽代英出席此次大会，并作了《我们现在应该如何努力?》的演讲。

此时，恽代英的公开身份是上海大学教授和国民党上海执行部的领导成员，他也是中国社会主义青年团的中央执行委员、宣传部部长，这是他半年里第二次来到松江。1923 年冬，他和中共中央局秘书罗章龙从上海到松江、嘉兴一带开展建党、建团工作。侯绍裘专门到上海接他俩，三人从苏州河乘小汽艇，经外白渡桥循黄浦江上行至松江。随后，侯绍裘在松江公开主持了一次演讲会，恽代英、罗章龙分别介绍了近代欧洲法国革命、巴黎公社、十月革命等历史事件，数百听众深受触动。在松江期间，他们还分析了江浙地区人多、地少、租税负担重的特点，访问当地农民和船户，研究如何发动群众开展反帝反封建的斗争。

恽代英上一次来松江，张应春因放寒假回乡，没能见面受教，感到十分遗憾。如今，她已经是一名中国国民党党员，是侯绍裘最信任的革命同志之一，她带领景贤女中的许多学生参加了这次悼念列宁大会，一起聆听了恽代英的演讲。

恽代英在演讲中开宗明义：我们现在努力的对象，不单是知识阶级；光是知识阶级的觉醒，不会做出怎么了不得的成绩来的，所谓“秀才造反，三年不成”，便是这个意思。我们现在要向田间去，要向农民社会里去，要使一般农民觉醒；农民哪一天觉醒，改造的事业便是哪一天成功。

接着，恽代英指出问题：可是怎样使他们觉醒呢？问题就大了。介绍新学说给他们吗？不中用！他们不晓得什么是学说，什么是新学说旧学说，谁要听你这种听不懂不相干的废话呢！我们诚然应该把什么唯物史观阶级斗争进化原理等过细地研究一番，以作我们努力的指南针；可是你要把这些东西介绍给他们，完全要不得！就是退一步说，什么抵制日货、收回旅大等，他们还是不要听。不要听并不是他们的不好，还是你自己说的话说得不对——说得不对他们的胃口！

最后，恽代英说：我们努力的第一步，便是要明白农民生活的情况。你知道了什么是他们的苦痛，什么是他们的希望，什么是他们喜欢的，什么是他们不喜欢的；我们现在对于农民阶级所应努力的，便是接近农民，调查他们生活的实在情形，学习他们的谈话，能如是，方才可以进而谈及旁的事情了。

会后，送走恽代英，侯绍裘与张应春一起交流了聆听这次演讲的感受。

张应春说，听了恽代英的演讲，她有一种茅塞顿开的感觉。中国的革命，确实应该联系当下的实际，走一条与工农群众相结合的道路，尤其应当接近占人口绝大多数的贫苦农民，去发动农民。农民觉醒了，改造中国的革命才算成功。

侯绍裘点头赞同。他说，恽代英看得准，看得深，把知识阶级的弱点指出来了。这位共产党人的演讲十分及时，也切中要点，为松江青年指明了前进的方向。

作为学校负责人和张应春加入国民党的介绍人，侯绍裘非常关注张应春的成长，关心她的思想进步、工作和生活。

那一次，张应春挑战陈规陋习，毅然剪去发髻，她的父亲大动肝火，来信严加责备。张应春感到委屈，去信与父亲争执，并称要“远走北国”；一时间难免情绪低沉，闷闷不乐。

侯绍裘了解情况后，特意跟她谈心，鼓励她说：“你剪了长发，显得特别精神。这一头短发，配你的脸形、气质恰到好处。而且作为一个体育老师，需要经常做一些运动和示范动作，短发更显得干净利索，益处多多。”接着，他建议张应春多跟父亲沟通，不妨把体育运动时短发的益处告诉父亲，也可以拍一张剪发之后愈显靓丽的照片寄回家去。

张应春听了侯绍裘的建议，专门到上海的照相馆拍了张照片，又附信寄回家。父女间的一段“冲突”就此缓和下来。

临近暑假，侯绍裘告诉张应春，柳亚子先生正在她的家乡吴江负责县党部的筹建工作，她回乡度假期间，要联系柳先生，协助他做一些工作。

张应春欣然答应。

第十章 暑假返乡协助党务 责任在肩无所畏惧

21

经国民党上海执行部批准，江苏省临时省党部于1924年5月在松江成立。朱季恂及国民党一大代表、共产党员张曙时等担任执委，姜长林担任秘书。同时，国民党松江县党部正式成立，侯绍裘担任负责人。

同年7月，为了便于开展工作，国民党江苏省临时省党部转移到上海。侯绍裘不仅以“松江同乡会”名义，帮助江苏省临时省党部在上海望志路南永吉里（今兴业路205弄）34号租借到办公地点，对于临时省党部的工作也时时给予积极的支持。

受江苏省临时省党部的委派，柳亚子在吴江负责党建工作。其间，他得到邵力子的大力协助。

邵力子，是柳亚子的挚友和兄长。1882年生于浙江绍兴，幼年时，随任吴江县丞的父亲家居盛泽。曾与后来成为柳亚子妻兄的郑咏春、郑桐荪一起就读于郑氏家塾，成为同窗好友。这位清末举人，早年留学日本，加入中国同盟会。返国之后，在于右任主编的《民立报》任编辑，后一直在上海与叶楚伧主持《民国日报》。他是南社的早期社员，1923年5月，又与柳亚子、叶楚伧、陈望道、曹聚仁等人共同发起组织新南社，是新南社的八位发起人之一。他既是老资格的国民党员，也是最早的中共党员之一，还是朱季恂和侯绍裘等人加入国民党的介绍人。当时，他任上海大学代理校长、复旦大学国文教授。在此期间，邵力子仍经常返回盛泽，参与重大的社会活动。这年暑假，邵力子又委派复旦大学学生党员黄雅声协助柳亚子工作。黄雅声是吴江震泽人，他一返桑梓，就赶赴黎里，与柳亚子取得联络，并受柳亚子委托，去震泽一带秘密发展党员。此后，邵力子还直接参加了不少吴江地区的革命活动。吴江当地流传过这样一句话："吴江两个子，一个柳亚子，一个邵力子。"可见两人当时在吴江的影响力。

张应春暑假返乡后，也很快赶到黎里与柳亚子见面。以往每逢放假回来，她都要到柳家，跟好友均权相聚，闺密二人分别数月，有说不完的知心话。这一次到柳家，不光是姐妹相聚，她知道自己身上还肩负着一个任务，就是协助柳亚子先生，做一些力所能及的工作。

"应春，祝贺你！绍裘早就跟我说了，你是我们吴江最早入党的女青年啊，是我们吴江的骄傲。"柳亚子跟张应春一见面，就夸起来。

张应春感激地说，一年前，自己患足疾在家休假，幸亏亚子先生的介绍，能够到景贤女中去任教，能够得到侯老师、朱老师的关心和指教，才有这一点进步。

柳亚子接着又夸奖应春剪了齐耳短发后显得神采奕奕、活泼可爱，在黎里也是开风气之先，勇气可嘉。他说：“听说你为剪发的事差点跟家里闹翻了，阻力不小啊！连你父亲这样的开明之士都对新思想、新风尚看不惯、不接受，可见封建传统的影响之深和阻力之大，我们为之奋斗的事业长路漫漫、坎坷不平啊！”

张应春有点不好意思，谦恭地说：“也怪我开始有些急躁，连剪发这样的事，父亲都不理解都要反对，甚至说坏了家风、难嫁人呀，我就急了。幸好侯老师指点我，照了张相片寄回家，又跟父亲解释了剪发的种种好处，他也就渐渐理解了。”

“是啊！绍裘做事细致，有办法，要多向他学习。”柳亚子说，“你这次从松江回来，给家乡展示了新女性的风采，这本身就起到了一个示范的作用。”

张应春请柳亚子给她安排任务。柳亚子告诉她，目前吴江的党建工作主要在学界推进，他们已在各所学校开展活动。暑假期间，学校教师已分散各处，准备定点定人地落实，她可以参加这项工作。

张应春没有想到，亚子先生交给她的第一个任务，是把他的妹妹柳均权发展为国民党员。他说：“我这个妹妹从小就被家里娇惯，性格比较内向，跟外界的接触较少，从没有像你这样得到过锻炼。你们是同窗好友，她有什么想法，你比我这个做哥哥的还要了解，所以把这个任务交给你最合适，也只有你最能影响她。”

柳亚子对她如此信任，令张应春很是感动。她说：“均权妹的性格确实有些孤傲，但是我知道，她一直受你的影响，爱憎分明，同情穷苦大众。我们在一起也谈过孙先生的三民主义，她是认同的。发展她入党的事交给我，是对我的信任，我一定完成任务。”

果然，当张应春与柳均权谈起入党的话题时，均权的兴趣并不很高。她对孙中山先生很敬仰，但对“政党”却有不同看法：党是什么？孔子曾说君子群而不党。不入党也照样要求进步嘛。

针对好友思想认识上的偏差，张应春以自己撰写的《入了政党以后》一文中的观点，逐一进行修正和劝说。她说，中国国民党是执行孙先生三民主义的政党，你柳均权的名字就是一个宣言，你应该领悟哥哥给你起这个名字的良苦用心呀!

经过张应春的思想动员，并且有同窗好友和亲哥哥作为榜样，柳均权很快成为一名国民党员。

接着，在柳亚子、邵力子、张应春、黄雅声等人的频繁活动和不懈努力下，吴江的党建工作发展迅速。到七八月间，全县先后成立了城区、同里、盛泽、黎里、平望五个区部，十三个区分部，共有党员二百余人。可谓瓜熟蒂落。

1924 年 8 月 24 日，国民党吴江县第一次代表大会在盛泽镇东庙书厅召开，国民党吴江县党部正式宣告成立。柳亚子和邵力子、朱季恂、侯绍裘、张应春、陈馨丽（陈去病之女）等出席了会议，大会选出县党部执行委员五人，监察委员一人。柳亚子当选为执行委员会常务委员。大会决定，县党部设在黎里，下设农民协会、工会、学生会、商民协会、妇女解放协会，发动秘密工作。会上，柳亚子和朱季恂、邵季昂、邵力子都作了演讲。柳亚子讲的是《中华革命史》，历述中国几十年革命历程，孙中山创建中华民国、组织国民党的意义，以及国民革命的含义。朱季恂讲《政党和国家》，分析专制和共和的区别，组织政党的必要。邵季昂讲《弹性论》，以钢条弹性作喻，论述政治之道。邵力子讲《中产阶级与国家之关系》，认为“中产阶级系一国之中坚分子”。

国民党吴江县党部，是江苏省最早组建的国民党基层组织之一。当时，军阀势力十分猖獗，防范甚严，县党部的成立极为秘密。《新盛泽》报 9 月 1 日第三十九期，仅在第二版“本区要闻”，以《名人演讲》为题作了如下报道:

八月二十四日，吴江各区学界特请邵力子、朱季恂、邵季昂、柳亚子诸先生至本区演讲。……是日到会者，有黎里、严墓、平望、八坼、震泽，城区学界人士。演说后，继以茶点，宴会，摄影而散。

张应春全程参加了吴江县党部的成立大会。置身会场，聆听前辈和师长的演讲，她深受启发，深感肩上的责任重大。她也深知，参加革命，就意味着与帝国主义、封建军阀势力宣战。对此，她无所畏惧。

国民党吴江县党部成立仅仅数日，江浙战争爆发，县党部工作被迫停顿。江浙战争是江苏督军、直系军阀齐燮元与浙江督军、皖系军阀卢永祥为争夺对上海的控制权而进行的战争，是军阀势力之间的一次重大较量。卢永祥最后以淞沪半失，士气涣散，被迫通电下野，并逃往日本。战争爆发后，江浙沪一带战区内的人民扶老携幼，颠沛流离，深受战乱之苦。战乱历时四十余天，给当地人民造成了巨大的灾难。江苏、浙江等省教育事业停办，多所学校无法开课。沪宁铁路也因战争中断近两个月。

张应春任教的松江景贤女中，因江浙战争被迫延迟开学。接着，在侯绍裘的带领下，辗转搬迁到上海。先是借用也因远避战祸而由苏州迁来的乐益女中校舍上课，后租到房屋，迁至闸北老靶子路。军阀混战暂停后，景贤女中分成松、沪两部分，本部在松江，分部留在了上海。张应春在景贤女中上海分部任教。

江浙战争结束之后，柳亚子毅然停顿新南社社务，全身心地投入国民党吴江县的党务工作。

鉴于国民党吴江县党务工作的需要，当年底，在柳亚子、侯绍裘等人的协商安排下，张应春从上海回到家乡。寒假后，她来到母校黎里女子小学任体育老师，并在柳亚子的领导下，开展吴江县的党务工作。

此时，因张应春的祖母年事已高，她的父亲张农为了照顾老人，早两年已辞去黎里女校的教职，就近在家乡葫芦兜的县立第四高小五分校教书。父母得知张应春从上海回黎里任教，一直非常高兴。他们觉得这年月外面的世界兵荒马乱，女儿能回到家乡，离他们越近越好，越近越安全；女儿也不小了，早到了谈婚论嫁的年龄，村里像她这个年龄的闺女，哪还有不出嫁的？ 当然，女儿是在大上海念过书的，是新潮的知识女性，是做教育的，和那些农村姑娘毕竟大不一样，所以父亲并没有在她的婚嫁事情上催促太紧。

张应春开学前到校，父亲很是重视，送她一起过来，还专门拜托一些昔日同事，请他们对女儿多加关照。 其眷眷之心、舐犊之情尽显如山的父爱。

第十一章 侯绍裘大义凛然是榜样 孙中山悼念会上凝激情

22

自国共合作局面形成之时起，国民党内的右派就反对这种合作。当时，有些党员反对“联俄、联共、扶助农工”的三大政策，认为坚持反帝、联俄，会使人闻而却步，会减少党员，削弱党的力量。张应春、侯绍裘、姜长林等人当即批评这个错误论调是目光短浅，急功好利，成事不足，败事有余。他们尖锐地说：不坚决反帝、联俄，就没有革命性；没有革命性，光顾发展党员的数量，哪有力量?

1924 年第二次直奉战争期间，

著名爱国将领冯玉祥发动北京政变，推翻了曹锟、吴佩孚控制的北京政府，电邀孙中山北上共商国是。11月10日，孙中山发表《北上宣言》，扶病北上。宣言重申“北伐之目的，不仅在推翻军阀，尤在推翻军阀所赖以生存之帝国主义”。11月13日，孙中山偕宋庆龄等乘永丰舰离广东北上。

孙中山经上海时，侯绍裘正卧病在松江，他看到广东和松江都有人反对三大政策，就给在上海的姜长林写信，委托姜长林代表江苏省临时省党部和松江县党部，去上海欢迎孙中山，向孙中山面陈坚持反帝、反封建，坚持三大政策的要求；还建议如果北上谈判成功，成立政府的话，勿再建都北京。

11月17日，孙中山冲破帝国主义的阻力，在上海登岸。当天，在莫利爱路（今香山路7号）寓所，姜长林等人受到孙中山的亲切接见。当姜长林转达侯绍裘的要求和建议时，孙中山热情地支持他们的意见，表示三大政策决不改变。19日，孙中山在寓所举行记者招待会，申明谋求和平统一的主张。他指出：“中国现在祸乱的根本，就是在军阀和那援助军阀的帝国主义者，我们这次来解决中国问题，在国民会议席上，第一点就是要打破军阀，第二点就是要打破援助军阀的帝国主义者。打破这两个东西，中国才可以和平统一，才可以长治久安。”

得到孙中山的肯定后，侯绍裘等人维护国共合作、捍卫三大政策、推进国民革命的斗志更加坚定了。

侯绍裘、朱季恂等人的革命思想和活动在群众中产生了很大影响，也引起了封建军阀的仇恨和密切注视。1924年下半年，江浙军阀混战，孙传芳进驻淞沪，扬言要以两千块银元的高价捉拿侯绍裘和朱季恂等人，要将他们的首级示众，一时风声紧急。

张应春闻知消息，心情非常焦急，她与学生党员范志超等人跑到侯绍裘的办公室，问侯老师怎么办？

侯绍裘丝毫不把军阀的威吓放在眼里，他镇静地说：“大家不要怕，我会注意的，尽量不被他们抓着。如果万一不幸，就为革命挺身就义！”

侯绍裘的镇定自若和大无畏的英雄气概让张应春等人深受感染，他们感觉有了主心骨，有了坚如磐石的力量。他们一如既往，在革命的道路上执着前行。

松江景贤女中因江浙军阀混战被迫迁到上海，后又分为松江本部和上海分部。侯绍裘的革命活动重心也从松江转移到上海，直接在中共上海区委的领导下工作。

1925 年春，侯绍裘受聘为上海大学附中部主任。

上海大学的前身为私立东南高等专科师范学校，校址在闸北青岛路青云里（今青云路 323 号位置）。东南高师开学不久，因创办人以办学名义敛财，便引发学潮，学生强烈要求改组校务。在学生的请求和国民党人士的极力推荐下，于右任出任校长，邵力子任副校长，将校名改为上海大学。1923 年 4 月，邓中夏经李大钊推荐受聘担任总务长，主持学校行政工作。上任后，邓中夏通过制定学校章程，规划学科发展，改革行政建制，延聘贤才任教，全面革新了校务，很快就形成了大学部、专门科和中学部的发展格局。一大批有学问、有名望的进步学者和共产党人加盟上海大学：瞿秋白任社会学系主任，教师有施存统、蔡和森、安体诚、周建人等；此外，恽代英、张太雷、任弼时、萧楚女、蒋光慈、李汉俊等也先后来校任教，可谓群贤毕至，名师满堂。他们或主导校务，或执鞭教坛，或热情讲学。不到两年的时间，就使上海大学成为名闻遐迩的“红色学府”。

侯绍裘到任后，发扬上海大学的精神，把对革命教育的探索实践推向深入。在他的主持下，上海大学附中“以平均发展青年智能，培养积极道德，造成健全公民为宗旨”，要求学生在知识方面，“务求常识充足，见解正确，而富有自动研究之精神”；在道德方面，“注重养成勤朴、耐劳、诚实、坚毅、公正而富有进取改革之精神”。在教学上，采用生动活泼的启发式教学，注重培养学生的自主学习能力，先由学生认真自学、提出问题、互相研究、互相讨论，教师做必要的启发、辅导，而不采用“满堂灌”的讲授方式。课外还有各种学术讲座、社团活动。学生会“以谋学生本身利益并图学校之发展，参与救国运动为宗旨”，成为培养和锻炼同学们救国救民群体意识的组织。

侯绍裘平时对于同学们的生活和思想非常关心，对于校内和校外的事务，不辞辛劳，日夜工作，受到全校师生的一致爱戴。当时，上海大学有中国共产党的支部组织，直属中共上海区委（江浙区委）领导。上海大学附中部成立了党的小组，侯绍裘担任附中部党小组组长。

担任上海大学附中主任后，尽管教务、教学工作更加繁忙，侯绍裘也照常抽空来到国民党江苏省临时省党部，协助朱季恂的工作。当时，由于委员散于各地，国民党中央党部财政紧张，经费不能及时下拨，临时省党部“经济竭蹶”，只有朱季恂一人苦苦支撑。朱季恂体弱多病，时患咯血，但坚毅果断，埋头工作。侯绍裘及时联络杨贤江、沈雁冰二人，每人倾其家中所有，各捐一百元，解决了江苏省临时省党部的燃眉之急。在侯绍裘等人的帮助下，江苏省临时省党部渡过难关，在江苏各地组建了一批国民党地方基层组织。

23

孙中山北上途中，在上海和天津等地，受到各界群众的热烈欢迎。1924 年 11 月底，他抱病抵达北京，北京各界数万人隆重集会迎接他的到来。不幸的是，入京之后，孙中山病情迅速恶化，竟于 1925 年 3 月 12 日与世长辞。

事业未成，导师先殒。国民党江苏省临时省党部立即发出通知：“革命尚未成功，同志遽失导师，曷胜痛悼。”要求各地举行追悼活动，下半旗七日，佩黑纱一个月致哀，以后上海召开追悼大会，届时请各地派代表前来出席。侯绍裘、朱季恂等人怀着极大的悲痛，全力组织悼念活动。

国民党上海执行部在中山故居设立灵堂，供各界人士祭奠。江苏省临时省党部即发动上海附近各地的党员和群众前去祭奠。中山故居前，祭奠的人群连续数月络绎不绝。省党部人员和各界人士一样，纷纷撰文赋诗，悼念孙中山。侯绍裘写下《哭孙先生并告同志》一文。他在文中写道："'革命尚未成功，同志仍须努力。'这是孙先生的遗言，时刻像春雷般在我们的耳边震响着的。现在是革命还未成功，民众遂失导师，我们更应努力了。"然后指出，"我们的党，自从改组以来，同志间有因新旧意见及激进稳健等不同，不免稍有隔阂，那是毋庸讳言的。"文章中，侯绍裘满腔真诚地希望新派和旧派同志（指改组以前入党的老党员）消除隔阂，加强团结合作，呼吁"应当再亲热地携着手，在孙先生遗容之前，遗嘱之下，立誓协力奋斗，以竟孙先生四十年来为民众奋斗而未竟之志"。

孙中山逝世后，国民会议运动没有圆满结果，北京政权依然在反动军阀手中。国民党上海执行部和江苏临时省党部举行了一系列的追悼活动，还同时做出决定：广泛发展革命青年参加国民党，扩大组织；在学校中扩大宣传孙中山的革命思想；在各地发起组织"中山主义研究会"，以扩大革命思想的传播。

4 月 12 日，柳亚子参加了在上海斜桥公共体育场召开的追悼孙中山群众大会。人山人海、万头攒动之中，柳亚子初晤恽代英与向警予。这两位共产党人各据一坛，在会场慷慨演说。柳亚子后来有五律一首回忆其事，诗云："海上初相见，稠人千百中。世方怖河汉，我独识鸾龙。安石衣冠敞，臧洪意气雄。同时向女士，咄咄赌词锋。"

返回黎里，柳亚子立即召集张应春、毛啸岑等人，着手筹备吴江民众追悼孙中山大会。大会由吴江县党部暨全县各区党部发起，函请各公团各学校加入。柳亚子任筹备主任。

在柳亚子的安排下，已在黎里女子小学任教的张应春积极参与追悼大会会场的选定、布置工作，并主动请缨，担任大会司仪。柳亚子和县党部其他人员商讨后，认为张应春思想品质优秀，对孙中山的逝世深感悲痛，对三民主义的认识理解较为深刻，而且她一直担任教师，才思敏捷，性格豁达，端庄大方，所以不仅认为她是大会司仪的合适人选，还建议她作为唯一的女性代表在大会上演讲。接到任务后，张应春深知肩负责任，认真酝酿并撰写了演讲稿。

5月3日，吴江民众追悼孙中山大会在黎里镇市民公所隆重召开。会场布置肃穆庄重，柳亚子等人敬献的挽联密密匝匝挂满会场。其中一副挽联吸引了众人的目光：

与被压迫民族相提携，纵赤化兴谣，人言奚足恤；
为不平等条约而奋斗，夺黄肠遽掩，天道复宁论？

敬献这副挽联的便是张应春和柳均权，这副经典挽联由她俩合撰而成。挽联中既高度赞扬了孙中山的民主革命精神和理念，又对国民党肆意破坏国共合作进行批驳，同时深深痛惜三民主义倡导者的早逝，更为以后的局势表达了隐忧。

追悼大会上，国民党吴江县党部常务委员柳亚子、江苏省临时省党部代表侯绍裘分别发表了题为《报告孙中山历史》和《如何竟孙先生之功》的演说。最后压轴的演讲者是张应春，她强调，孙中山致力国民革命四十年，主张实现三民主义，必须实行三大政策；如果抛弃三大政策，就意味着背叛了孙中山的三民主义；如果没有共产党的协力同心，国民革命就不可能成功。她号召大家时刻不忘、忠实执行三大政策。张应春这一番雄辩演说，让柳亚子、侯绍裘及姜长林等人暗暗赞许，他们为这样一位知识女性在革命斗争中锻炼成长而深感欣慰。

下午，全县四十余团体致祭，各校学生代表发表演说，与会者增至两千余人。会后，声势浩大的悼念游行队伍，沿三里长街缓缓行进。观者人山人海，莫不肃然起敬。接着，由侯绍裘、张应春等十人组成的东、西两个演讲队，分赴各处茶馆演说，散发孙中山遗像、遗嘱。在场群众无不被深深感动，当场有人要求加入国民党。

悲痛化作力量，泪雨凝成激情。整个吴江在盛大的悼念活动中感奋而起。

5月16日，国民党吴江县党部印行了《吴江追悼孙先生大会特刊》。八个多月以来处于秘密状态的这个国民党基层组织，首次以文字形式在广大民众中公开亮相。同日出版的《新黎里》报，在第二版“本县要闻”栏，以《中国国民党吴江县党部开会》为题，刊发如下消息：

国民党本县县党部，自去年8月成立以来，因兵事停顿，搁浅已久。前乘追悼总理大会之便，在《新黎里》报社开全县各级党部执行委员联席会议，议决积极进行。……

张应春、柳均权撰写的悼念孙中山挽联也刊登在《吴江追悼孙先生大会特刊》上，引起了更多读者的关注。

第二天，国民党吴江县第四区（黎里）分部召开会议，总结追悼孙中山大会的组织实施工作，对《新黎里》及特刊上的有关文章进行学习讨论，研究议定下一步开展工作的计划。经县党部常务委员兼第四区分部临时主席柳亚子提议，张应春被补选为第四区分部执行委员。

以孙中山悼念活动为契机的吴江党务蓬勃开展之际，军阀控制依然甚严，土豪劣绅又横加阻挠。柳亚子、张应春等人毅然不顾，全力以赴。

是时，根据县党部决议，柳亚子奋力推进全县新字号报纸的刊发，侧重文字宣传，启迪民众思想。在《新黎里》报，柳亚子连续发表了《纪念底五月》《孙先生的主义和成绩》等文章，号召继承孙中山遗志，积极投身大革命运动。张应春也发表文章，批驳重男轻女的旧俗，提议创办黎里暑期妇女学校，补救年长失学的妇女，让她们获得教育的机会。

第十二章 五卅惨案激起震天怒潮 古镇黎里响彻革命口号

24

1925 年 5 月，当人们还深深沉浸在悼念孙中山的巨大悲痛之中，30 日，英帝国主义巡捕在上海南京路开枪镇压示威群众，死伤三十余人，史称五卅惨案。

五卅惨案消息传来，古镇黎里群情震骇。张应春的愤激之情难以言表，她仿佛看到了那些学生、工人在奔走，在呼号，仿佛看到他们被抓捕，被监禁，被凌辱，仿佛看到罪恶的枪弹射向那些年轻的身躯，看到南京路上的喋血……她的心飞到了上海，她要和那些勇敢的人们在一起!

张应春拍案而起，当即和柳亚子等人投身于声援上海人民的反帝爱国斗争。

五卅运动是一次伟大的群众性的反帝爱国运动。其经过是这样的:

5月15日，上海日商内外棉七厂资本家借口存纱不敷，故意关闭工厂，停发工人工资。工人顾正红带领群众冲进厂内，与资本家论理，要求复工和开工资。日本资本家非但不允，还向工人开枪射击，打死顾正红，打伤工人十余人。这成为五卅运动的直接导火线。

上海工人阶级为了抗议日本资本家的剥削、压迫和残杀，进行了罢工斗争。这一斗争立即得到了上海学生界的声援和支持。5月24日，日商纱厂工会在潭子湾召开大会，公祭顾正红烈士，到会的工人、学生近万人。这天，上海大学的四位同学因参加公祭大会在租界被捕。当天下午，侯绍裘得知消息，立即与杨贤江及上海大学学生代表赶到巡捕房探望，送去衣被和食品，鼓励他们坚持斗争。

5月28日，中共上海党团组织召开联席会议，分析上海民众反帝斗争的形势，讨论领导这次罢工斗争的方针问题。会议决定把这次罢工发展为更广泛更深入的反帝斗争，一是把单纯工人的罢工发展成为上海各阶层人民广泛的政治斗争，二是把反对日本资本家的斗争发展成为爱国反帝运动。为了把斗争引向深入，会议决定党团、工会、学联等各级组织广泛发动群众，5月30日集中到租界进行示威宣传。会议决定由侯绍裘、杨贤江、董亦湘等九人负责与各学校联系，发动学生开展宣传活动。

29日清晨，恽代英在上海学联召开侯绍裘、杨贤江、董亦湘等九位“指定同志”参加的紧急会议，传达前一天中共中央与中共上海地委召开联合会的精神。紧急会议后，侯绍裘、杨贤江、董亦湘等九位同志各偕工人代表一人，分赴各学校报告日本资本家虐杀工人的经过。上海各校学生听了报告，都甚为激愤，决定于30日停课，出发讲演。

当晚，恽代英主持召开上海学联会议，对 30 日反帝示威演讲活动做具体布置。侯绍裘参加了此次准备会议。会上，由恽代英、侯绍裘及上海大学附中教师、共产党员高尔柏、黄正厂共同商定、执笔，形成了一份《打倒帝国主义》的问答式传单和一份《关于顾正红烈士被害事实真相》的传单。这两份传单用事实说话，深刻揭露和愤怒控诉了帝国主义的罪行，讲得既清楚明白又凄婉动人，让人一听就懂，群情激愤。

5 月 30 日上午，上海大学、南洋大学、文治大学、复旦中学等校提早出发，在会审公堂和北火车站一带演讲。学生们手执小旗，站在马路两旁，向市民讲述工人被杀、学生被捕的经过情形，控诉帝国主义者在上海枪杀中国工人。

学生示威指挥部设在望志路永吉里（今兴业路 205 弄）34 号国民党江苏省临时省党部，由恽代英、侯绍裘负责指挥。高尔柏则坐镇在环龙路上海执行部，负责对外联络工作，有三十多个学生用自行车传达信息。

下午，各校学生全部出动，还有一些工人宣传队也陆续出发。成千上万的群众涌向街头，汇成一支浩浩荡荡的反帝大军。从杨树浦到静安寺，从北火车站到大世界，到处都有演讲的学生队伍。南京路上人潮涌动，每隔十几家店面就有一些学生在演讲，四周围满了听讲的群众，先施公司、永安公司的楼顶上向下散发着一叠叠五色缤纷的传单，群众报以一阵阵掌声和呐喊，并高呼反帝口号。

下午两点多钟，南京路老闸捕房门前学生演讲队被逮捕了多人。老闸房附近几个队也陆续有人被捕。许多学生一齐涌向捕房，要求释放被捕学生，如不释放，愿全体入狱。各路演讲队得到这个消息，纷纷向南京路集中，在老闸捕房前抗议。然而大批巡捕出动，又有一百多名学生被捕，被押至大马路（南京东路、云南路口）的老闸捕房。

下午三时左右，各支示威队伍朝老闸捕房集结，要求捕房放人。

"轰轰声浪，像狂风怒潮横扫南京路！"老闸捕房门前"群众云集，水泄不通"。三时四十五分，英籍巡长艾何逊悍然下令开枪！刹那间，子弹横飞，血流遍地，当场打死示威者十三人，打伤四十多人，四十九人被逮捕，酿成震惊全国的五卅惨案！当天晚上，中共中央召开紧急会议，决定动员全市各界立即实行罢工、罢市、罢课，建立反帝统一战线。

"五卅"当夜，上海全市大中学校的四五百名代表，集中在上海学联门前的广场上，黑压压的一片，他们情绪十分激昂。恽代英主持会议，会上决定：一、全市大中学校次日起率先一律罢课；二、组织学生，明天继续到大马路演讲示威；三、要求全市工商界立即罢工、罢市，用"三罢"誓同帝国主义者斗争到底。

5 月 31 日，南京路成了标语、传单的海洋，学生继续演讲示威。侯绍裘、黄正厂等人一道前往南京路，传达上海学联的命令，组织学生分往各商店鼓动罢市，呼吁"请各本天良，一致援助"。

6 月 1 日，侯绍裘又与恽代英在江苏省临时省党部主持召开江苏、上海国民党各方面负责人会议，听取情况汇报，按照中共中央的统一部署，布置"三罢"斗争，并动员各县、市党部发动群众，开展反帝运动。他们组织力量，编印宣传材料，通宵达旦地紧张工作。姜长林代表江苏省临时省党部去苏州报告五卅惨案真相。接着，江苏省临时省党部又陆续派员赴各地作五卅惨案真相报告，从而掀起了声势浩大的爱国运动。

6 月 2 日，张应春担任执委的吴江第四区分部联合县党部及各区分部、各公团联合发表通电，提出"打倒帝国主义，取消不平等条约，收还全国租界及租借地"。

次日下午，张应春与柳亚子、毛啸岑等十三人出席第四区分部会议，讨论声援活动，议决由张应春、柳亚子、毛啸岑等五人组成演讲队，向群众演讲宣传。

当夜，张应春等人就在业余夜校举行首场演讲。他们演讲的题目分别是《英巡捕惨杀学生的详情》《现在的国际地位和救国方针》等。演讲者激昂慷慨，甚至声泪俱下，听讲者无不为之动容。黑压压的人群中，当场有人高喊："外国人岂有此理！"有几个人狠狠地把"大英牌"香烟扔在地下，高声宣称，从今往后拒购帝国主义的货物。

不久，在柳亚子、张应春等人提议下，由区教育会发起，召集各机关代表，联合组织黎里国民外交后援会，声援上海人民的反帝爱国斗争。后援会简章规定：本会以取消不平等条约，收还全国租界及租借地为宗旨。随后，国民外交后援会在吴江各乡镇如雨后春笋一齐涌现，全县迅速掀起了声势浩大的反帝怒潮。

与此同时，在中国共产党的领导下，上海各界的反帝爱国运动进入高潮，特别是广大教职员队伍也冲入五卅运动高涨的怒潮。各校的教师都有组织地投入到这一运动中去，闸北、南市、浦东等地区的学校成立了教职员联合会，开展各种活动，声援五卅运动。但是，也有少数教育界的右派名流，公开活动起来，站在反帝爱国运动的潮流之外，劝导教师复教，学生复课，重弹"在学言学、教育救国"的老调。

侯绍裘、杨贤江、沈雁冰等人领导的上海教职员救国同志会发表宣言，驳斥了教育界所谓名流们的谬论，明确阐明了救国与教育的关系，即"救国先于教育，而目前只教育，应即为救国运动的一种"。教职员救国同志会今后的工作方针，"一教育者应以国民的资格参加救国运动；二以教育者的资格领导学生的救国运动；三反对北京政府取缔学生为政治运动之命令；四永远不借口在学言学，以遏制学生之救国运动"。宣言还号召广大教育者要以实际行动开展救国教育，并"使救国的教育成为全国教育界之风气，以挽救国家之危机，从而奠定根本之教育之基础"。

为了配合各界人民罢工、罢课、罢市斗争，上海教职员救国同志会组织了演讲团，向罢课的学生、罢工的工人、罢市的店员及市民们进行系统的反帝爱国教育。开场第一讲由杨贤江出场，题目是《五卅运动与民族革命》。接着，侯绍裘演讲《外交与内政》。这一系列的公开演讲活动受到广大群众的热烈欢迎，对提高上海人民反帝的觉悟起了重要作用。

6月16日，柳亚子在《新黎里》报发表三千字长文《对于上海大惨剧的感想》，驳斥“帝国主义不足为中国患”的谬论，历数十几年来帝国主义利用军阀挑起内战，屠杀中国人民的累累罪行。他写道：

帝国主义者屠戮中国人，向来是躲在幕后的，此次忽然出头露面起来。英、美帝国主义和日、法帝国主义，向来是处于反对地位，各人有各人的工具。而此次忽然日本工厂肇祸，英国工部局帮凶，造成上海滩上空前的惨剧。……倘然中华民族除了上海人以外，还是隔岸观火，不痛不痒，中国二十二行省，何难尽变上海？而扬州十日，嘉定三屠的惨剧，更何难在文明的二十世纪重行搬演一下呢？

文章在揭示五卅惨案是帝国主义者狗急跳墙的“死物狂”征兆之后，强调了打倒帝国主义这一根本主张：此次上海惨剧是帝国主义屠戮中华民族的血证，也是中华民族打倒帝国主义的兴奋剂。不论此次结果，是成功，是失败，但我们的根本主张，终是万万不可抛弃，也是万万不容抛弃的！

一波未平，一波又起。6月23日，广州发生“沙基惨案”。广州人民为抗议五卅惨案举行盛大的示威游行，英军用步枪、机枪向游行群众疯狂射击，打死五十二人，重伤一百七十多人。这是又一起帝国主义者屠杀我国同胞的严重事件。接着，汉口、长沙也发生了群众被屠杀惨案。

柳亚子悲愤交集，他在《新黎里》报发表四千余字长文《对于沙面大屠杀的感想》，文章揭露了沙基惨案真相，深刻剖析了惨案发生的历史背景。他写道：“五卅以前，打倒帝国主义的呼声只限于几处通都大邑，而现在，却是穷乡僻壤都传递到了。南京路上几十堆鲜血，正是庄严灿烂革命之花的绝好肥料！”

经柳亚子、张应春等人充分发动组织，6 月 30 日，黎里全镇罢工、罢市、罢课，公祭上海“五卅”殉难烈士。 爿爿商店门前白旗林立，条条标语赫然醒目：“打倒帝国主义！”“取消不平等条约！”“毋忘五卅，坚持到底！”

张应春怀着悲痛的心情，参加了当日的五卅殉难烈士公祭大会。会场上，三千多名群众人人臂缠黑纱，个个义愤填膺。

张应春上台演说：“今天，是全国同胞反抗帝国主义总示威的日子。 全国民众万分痛恨开枪打死上海、广州、汉口、长沙等地同胞的英国军警。 我们全国民众要联合一致，抵抗帝国主义，谋求中华民族的解放。 这次游行示威，全国一致行动，实在可以表示我们国民奋斗爱国的热忱。 我们现在虽在这悲痛凄楚的会场，泪滴心窝。 但我相信，只要我们爱国运动始终不懈，永远坚决，他日在这会场相聚时，便可高唱胜利之歌。 ……”

柳亚子也登台疾呼：中国五万万同胞，只要有最后一条命未送，最后一滴血未流，还可以激起世界大革命，在重围中杀出一条血路来的。 国民啊，请记取，快快起来拥护国民政府，打倒帝国主义！

张应春、柳亚子在演说时，禁不住声泪俱下。 会场上许多听众，有的大声痛哭，有的昏倒在地。 口号声此起彼伏。 会后，举行数千人的示威游行，“国民救国！”“收回租界！”“打倒帝国主义！”的口号声像潮水的涌起，像火山的爆发，传遍了大街小巷，显示了中国人民不可侮的巨大力量。

随即，张应春风风火火返回葫芦兜，率领第五分校二十余名学生组织别动队，在尤家港、张家港等附近乡村，游行示威，演讲宣传。在此期间，张应春与柳亚子、毛啸岑等除了继续在镇上到处演讲，散发传单，还带领人员进行募捐，救助上海“五卅”死难烈士家属。 张应春带头捐了大洋一元。 全镇二百多个单位和个人，共捐大洋三百三十八元，小洋九十五角，钱四十文。

五卅运动以磅礴的气势掀起了大革命的高潮，给了帝国主义和军阀势力一次前所未有的打击。

张应春，这位踏着五卅烈士的足迹，在反帝斗争风暴中跌打滚爬的年轻战士，在一次次斗争实践中，在革命理论的武装下，正迅速走向成熟。

第十三章 倾情创办暑期妇女学校 尽力补救年长失学同胞

25

又是一个初夏季节，古镇黎里绿水环抱，曲径通幽，风摇叶舞，荷叶绽开，天地间一片湿漉漉的绿意葱茏。但是，张应春却无心欣赏这小桥流水、诗韵绵绵的景致，从开春到现在，她一直在奔忙：协助柳亚子处理县党部事务，筹划追悼孙中山先生大会，声援五卅运动……

当然，她目前的身份还是黎里女校的体育教师，她总是满腔热忱地努力工作，以真诚的态度、豪爽的性格与女学生们打成一片。她十分爱护学生，特别关心家庭贫困的学生，常常帮助她们解决学费、校服等困难。作为体育教师，她不仅自己喜好挥拳弄腿，也鼓励女学生们习武。每天早晨，她吹响哨子唤醒住宿生们一道早起锻炼；体育课上，她带领女学生们跑步、跳高、打拳。她常说，我们女子不应当做三层楼上的闺阁千金，应当同男子一样，强身健体，将来成为国家的有用之才。

张应春强烈地意识到，提倡男女平等、男女平权，女子必须有受教育的权利。只有这样，女子才有可能跟男子平起平坐，才有可能从封建伦理道德的束缚下解脱出来。于是，她的目光投到社会上失学的年长女同胞身上。

当时，尽管提倡女学的呼声已经遍及城乡，女子学校逐年增多，但“重男轻女”的现象依然很严重，“女子无才便是德”的古训仍旧阴魂不散，因而社会上年长失学的妇女比比皆是。“天字出头夫作主”，她们连家庭里应有的权利都被剥夺殆尽，别说承担国家、社会方面应负的责任。她们什么都依赖着男子，什么都屈从于男子，没有一点点自主的权利，甚至认为这是天经地义的事。

那么，怎样才能解救校门外这样的女同胞呢？张应春考虑再三，觉得首先要让她们学习文化，懂得一些人生必要的学识。而这，必须由已经受过教育的女青年出来大声呐喊。

1925 年 6 月 14 日，在吴江第四区（黎里）教育会常会上，张应春提出了创办暑期妇女学校的议案。接着，亲自拟定了具体实施办法。实施办法规定，该校宗旨为补救年长失学的妇女，给她们提供学习知识的机会。学校设置国文、算术、常识三个科目，教材以实用而浅近为原则，主要聘请女子小学及本区其他学校的女教师担任教职员。不久，区教育会评议会议通过了这一议案。张应春被公推为主任教师，全面负责暑期妇女学校的教务工作。

7 月 1 日，《新黎里》报刊登了《暑期妇女学校开学消息》及《招生简章》。同时发表了张应春写于 6 月 28 日的一篇文章：《怎样可以补救我们年长失学的女同胞们》。

文章开首，她以女性特有的细心作了说明："我在没有说到正文以前，先要请求读者诸君答应我一个条件，就是要恳求读者诸君，看了我这篇文字以后，去详细地告诉给失学的女同胞们听。……因为我深知，失学的同胞，一定看不懂这篇文字的，那么我要想使她们知道，非用这种间接传达的方法不可。"

接着，她写道："中国女子几千年来，被压迫被束缚到现在，已达到极点；我们女子"天赋优美"的秉性不能得以发扬，不能自己当家做主，吃了不知多少苦楚！在享受教育方面，女子更是受到歧视。……一般年长的妇女，早年失学，如今又多有家事，不便远行；而且限于年龄与经济方面原因，可谓困难重重。所以，要补救黎里的年长妇女，非在我们黎里地方创办一所妇女学校不可！"

她在文末热情呼吁："希望我们失学的年长女同胞，不要观望不前，快快觉悟！……时机难得，一去不返，不要错过这机会呀！"

实际上，张应春创办暑期妇女学校的设想由来已久，区教育会通过她的议案后，她便开始在黎里镇调查摸底，宣传动员那些失学女同胞参加暑期学习。一个女青年，到陌生人家拜访，又多在下午学生放学之后的时间，毕竟不太方便，她便请女校的同事或区里的女党员一起去。

有一天傍晚，跟她约好的女同事临时有事去不了，张应春便一个人来到镇东的村子。到了一户人家门口，门虚掩着，张应春刚要敲门，从里面出来个三十来岁的农夫。他一愣，瞪了张应春一眼，说："我家连自己都没得晚饭吃，你到别处去化缘吧！"原来，天色昏暗，他误以为张应春是上门化缘的尼姑。

张应春没有恼怒，而是坦然一笑，耐心地跟他解释，自己是黎里女校的老师，是为暑期妇女学校做宣传鼓动而来。

农夫"哼"了一声，说上得起黎里女校的都是富家女儿、金枝玉叶，女校的老师怎么会登咱这穷家小户的门?

此时，农夫的媳妇闻声跑过来。她早就听说镇上有从大上海回来的女老师，剪了短发，引得新潮女子效仿，也听说过暑期妇女学校的事，但没想到女老师会亲自到穷人家上门动员。她赶紧把张应春请进屋里，埋怨自家男人不识好歹。

张应春打量着这个贫困的农家小屋，看到他们连洋油灯都点不起，晚饭也没得吃而且天天如此，一家大人小孩都不识一个字，她愈加觉得补救这些年长失学女同胞的紧迫感和必要性。她告诉农妇，这次暑期学校由区教育会主办，上学的妇女不用掏一文钱，就可学习国文、算术等实用知识，机会实在难得。

听说自家媳妇不用花一文钱，就能坐到女子学堂读书识字，那农夫乐了，当即答应让自己媳妇到暑期妇女学校念书。

暑期妇女学校于 7 月 13 日正式开学。黎里女校的教室里热闹非凡，连窗外的蝉儿也在杨树顶上扬起了悦耳的嗓门。从二十来岁的大姑娘小媳妇，到年华已逝的中年农妇，不同年龄段的女子济济一堂，这里，那里，忽闪着这样那样的眼神：好奇的、喜悦的、忸怩不安的……上课铃声当当响了起来，似乎比往日格外洪亮，格外悠扬。张应春笑吟吟站到讲台前，眼里满含着希望……

教学期间，张应春经常与这些妇女谈心，询问她们的家庭情况，有什么困难、要求和建议，拉近知识女性与劳动妇女之间的距离。她面带笑容，待人正直热情、和蔼可亲，不管是中年女性还是年轻女孩都愿意接近她，甚至如同亲人一般，无话不谈。在交谈中，她随时进行引导教育。从反对“三从四德”，讲到男女平等，指出妇女社会地位低、受歧视、受欺压、很少机会就业的现状；即使少数女青年能找到工作，也往往被人当作“花瓶”。这种不合理的现象，是几千年封建制度造成的。她启发女同胞们团结起来，同封建旧礼教、旧制度作斗争，争取妇女真正的自由解放。

她说：“一只筷子容易断，一把筷子扎在一起，就折不断了。我们女同胞一定要团结一致，争取自己的权利！”

铺展在张应春面前的人生之路，何止是补救这些年长失学的女同胞，又何止在一乡一镇？

26

7月14日，也就是暑期妇女学校开学的第二天，国民党吴江县第二次代表大会在黎里县立第四高等小学召开。柳亚子主持大会，张应春等三百余名代表出席会议。中共党员侯绍裘、沈雁冰、杨贤江、王一知、姜长林、董亦湘等被邀赴会。这是五卅运动后一次反帝斗争的大交流、大总结，亦是新一轮斗争的大动员。会议决定成立青年、妇女、农民、工人四个运动部，以便更好地领导全县民众投入反帝斗争。

次日晚上，县党部在黎里古镇举行声势浩大的提灯示威活动。张应春组织暑期妇女学校的数十名学员参加，为这一活动助威。

吴中旧俗，元宵、中秋均有灯彩盛会。这一天并非佳节，却胜似佳节。入夜过后，满街张灯结彩，人海如潮。长长的提灯队伍，流光耀灿。调龙灯者，彩布为经，彩灯为节，十余名壮汉以竿撑龙，左右盘旋，上下腾跃。耍马灯者，男男女女妆成各种戏文，锣鼓相伴，踏拍而行。

这次灯会的主题与往常欢乐的节日气氛大不相同。只听此起彼伏的声声口号，应和着条条灯彩标语：“毋忘五卅，坚持到底！”“打倒帝国主义！”“打倒军阀！”“国民革命万岁！”灯会素有的融融喜庆，一变而为翻江倒海的同仇敌忾。岸上的彩灯队伍倒映在市河里，宛若两条即将腾空而起的愤怒火龙。

7月15日至19日，历时五天的吴江地区夏令讲习会在黎里市民公所举行。张应春既要参加夏令讲习会的组织和学习，又要负责暑期妇女学校的教务和教学工作，她白天黑夜连轴转，井井有条地安排好各项事务。

反帝斗争的实践锻炼着张应春，志士仁人的论说启迪着张应春。侯绍裘演讲的《五卅惨案与中国工农党》，让她进一步认识帝国主义侵略与中国工农阶级的关系；沈雁冰演讲的《最近国际间之政治状况》，为她拓展了宽阔的政治视野；王一知演讲的《妇女问题》，使她深刻认识到妇女解放在中国革命中的重要意义；侯绍裘、杨贤江演讲的《教育界之切身问题》和《青年问题》，让她审视当下教育界的时弊并如何用教育唤醒青年；朱季恂演讲的《革命口号及其方法》，让她格外理解革命斗争必须讲究方法和策略……

8月10日，吴江县党部在同里镇罗星洲举行集会，柳亚子、张应春、柳均权等参加会议。罗星洲俗称芦千墩，位于同里镇东的同湖中，四面碧水萦绕，波光潋滟。虽是弹丸之地，洲上却是红墙飞甍，楼阁凌空。庙宇中央，一泓清池，满眼娉婷款摆的田田荷叶和傲然怒放的朵朵莲花。若逢阴雨骤合，急雨拍打满池新荷，风声雨声涛声和橹声榜歌应和酬唱，真有一洗人间尘俗的意境。这就是同里镇二十景之一的“罗星听雨”。

会议期间，县党部在洲上聚餐饮宴。自从投身党务以来，柳亚子几乎无暇吟咏，此时，应春、均权等花样年华的女子围坐席间，又眼见池中朵朵白莲，他忽然想到百年前白莲军的女首领王赛昭。其夫抗清被杀后，王赛昭入青莲庵为尼。数年后，起兵襄阳黄龙塔。清酋募刺客夜入赛昭帐中，断其一足。赛昭义不堪受辱，在湖北郧阳卸花坡投崖自尽。

联想起那悲壮的一幕，再环顾身边的张应春等人，她们身处大革命的烽烟中临危不惧，可比当代王赛昭。柳亚子心生感叹，诗思勃发，口占一绝《罗星洲题壁》。诗云：

一蒲团地现楼台，秋水蒹葭足溯洄。
猛忆船山诗句好，白莲都为美人开。

吴江县的党务工作，在反帝浪潮中崛起一派蓬勃。截至当年底，全县十八镇乡，发展至九个区党部，三十四个区分部，党员人数达四百八十余人。吴江县党部，成为国共合作时期江苏省著名的国民党基层组织之一。

第十四章 担任省党部妇女部长 踏上革命艰险新征途

27

1925年暑假期间，天气异常酷热。张应春忙于县党部和区分部的党务工作，特别是暑期妇女学校的事务，整天不分昼夜地忙碌，从放假以来，根本顾不上在葫芦兜的家里歇一歇。由于太过劳累，加上天气燥热的影响，她的免疫力下降，脚部丹毒再次来袭，伤情突发而且很是严重，走不得站不得。8月中旬，她不得不离开妇女学校的课堂，离开那些渴求学习知识的姐妹，到芦墟医院住院治疗，但未见明显好转，后又转往苏州省立医院诊治。这时候，正好三妹秀春也从她曾就读的上海中国女子体育学校毕业，还没有外出工作，便在医院一直陪护着她。

就在张应春住院期间，国民党江苏省党部在上海举行成立典礼。由于柳亚子的全力推荐，张应春担任了国共合作的国民党江苏省党部执行委员兼妇女部长。

早在上一年5月，经上海执行部批准，国民党江苏省临时党部在松江成立。7月，临时省党部迁往上海，由朱季恂一人主持事务。朱季恂时患咯血，但在侯绍裘、张曙时、姜长林等共产党人的帮助下，奋发工作，江苏党务发展迅猛。至1925年8月初，全省已成立党部的，有南京、苏州两市，吴江、松江、丹阳、铜山、崇明、睢宁、金山等七县。

这年5月，中共上海地委曾召开会议，研究国民党江苏省党部的组建，提出了包括柳亚子、侯绍裘、朱季恂在内的十三名执委的建议名单。6月，侯绍裘曾就执委人选等事宜，写信给柳亚子征求意见。

大约8月上旬，侯绍裘又和姜长林专程从上海赶到黎里，请柳亚子在吴江物色一位省党部妇女部长的人选。他们说，全省各县党部，女党员最多的要推吴江和松江。松江有位范志超，思想进步，但体质太弱，工作经验尚欠丰富，所以希望在吴江物色。柳亚子立即想到了张应春，然后专门为此询问一位熟友徐蔚南的意见。徐蔚南是盛泽人，是邵力子的世交好友，毕业于上海震旦学院，后留学日本庆应大学毕业，回国后先后在绍兴省立第五中学和复旦大学实验中学任教，由柳亚子介绍加入新南社，两人成为至友，并被柳亚子引为“智囊”。他与张应春接触不多，但经柳亚子引荐，张应春开办暑期妇女学校时，请他讲过课；张应春为人诚挚爽直，做事执着认真，给他留下很好的印象。柳亚子与他商议后，两人一致认为张应春可以担此重任。

在黎里县立第四高小学校的宿舍里，柳亚子和侯绍裘、姜长林三人掌灯夜谈。柳亚子将自己认识张应春以来对她的了解和看法，向侯、姜二人做了介绍。他特别谈到张应春在吴江县悼念孙中山大会上的精彩演讲和会后游行时沉稳自若的表现，谈到她在组织声援五卅运动、公祭五卅殉难烈士大会上勇于担当的精神，谈到她对三民主义和加入中国国民党有着清醒正确的认识，谈到她对吴江地区女党员的发展和开办暑期妇女学校的贡献……

柳亚子说："张应春从上海回来这大半年，我对她有了全新的认识，她变得成熟了许多，她对革命事业的热情和乐观精神令我等自愧弗如。"

而侯绍裘是张应春的入党介绍人，在松江景贤女中时，就对她有较全面的了解，并着力进行培养，几个月前悼念孙中山大会上的情形也历历在目。于是，他和柳亚子一拍即合，看法一致，都认为张应春具有坚定的革命志向和坚强豁达的性格，是妇女部长的合适人选。

8 月 23 日，国民党江苏省党部在上海闸北景贤女中分校举行成立典礼。会前，全省各县以通讯方法进行选举，会上宣布选举结果。柳亚子、侯绍裘、朱季恂当选执行委员会常务委员，张应春、董亦湘、刘重民等九人当选执行委员，张曙时、姜长林、杨明暄等五人为侯补执行委员，另有监察委员、侯补监察委员各三人。

省党部分设八个部：柳亚子任宣传部长，侯绍裘任副部长；朱季恂任组织部长，姜长林任副部长；刘重民任调查部长，张曙时任副部长；宛希俨任青年部长，姚尔觉任副部长；张应春任妇女部长，杨明暄任副部长；刘重民兼任工人部长；戴盆天任农民部长；黄竞西任商人部长，黄麟书任副部长。省党部设立秘书处，姜长林兼任秘书长。省党部地址仍在法租界望志路（今兴业路）永吉里 34 号。

28

国民党江苏省党部成立之际，参加会议的柳亚子、侯绍裘、朱季恂、宛希俨、董亦湘、姜长林、高尔松、黄竞西、杨明暄等人专门前往闸北宋园凭吊革命先行者宋教仁。宋教仁是辛亥革命的领导者和中华民国的创立者之一，是国民党的主要筹建人，1913 年被暗杀于上海，终年三十一岁。

1925 年 8 月 24 日，就在省党部举行第一次执监委全体会议时，突然传来国民党元勋、左派领袖廖仲恺被刺牺牲的消息。此事发生在广州，是月 20 日上午，廖仲恺偕夫人何香凝乘车抵国民党中央党部时，突遭歹徒枪击，不治身亡。这噩耗犹如晴天霹雳，全场为之震惊。

廖仲恺是孙中山 1905 年在日本组织的同盟会的第一批成员，多年追随孙中山，是孙中山最忠实的信徒和助手。廖仲恺曾代表孙中山到日本和苏联代表越飞会谈，全力支持孙中山“联俄、联共、扶助农工”的革命政策。孙中山逝世后，又是廖仲恺力挽狂澜，和共产党真诚合作，在广东开创了国民革命新局面。

柳亚子当即提议，立刻中止会议，全体起立默哀。沉重的阴云，笼罩着整个会场，紧紧压在柳亚子、侯绍裘等人泣血的心坎。

广州中央党部门前的血泊告诫人们：国民党内的右派已经不惜动用杀机。

早在孙中山逝世后不久，党内右派势力便急剧抬头，连连兴风作浪。黄埔军校内的右派首先发起组织孙文主义学会，明目张胆地反对“联俄、联共、扶助农工”的三大政策。随后，上海、北京等地的孙文主义学会亦相继成立。柳亚子曾深深感叹：“列宁死了，帝国主义者和旧俄的白党，拍手相庆，加以咒骂。现在孙先生死了，情形又何尝不如此呢！”5 月 17 日，国民党南京市党部举行成立大会。右派范冰雪、王亚樵、高岳生等指使流氓冲击会场，殴打省临时党部执委朱季恂、张曙时致伤。6 月，趁朱季恂前往广州控告南京右派之机，范冰雪又指使沈进、陈去病、何海樵擅开会议，企图强行接管省临时党部，并勒迁南京。为此，吴江县党部立即通电国民党中央及全省各级党部，“主张将范冰雪永远开除党籍，并严令训诫沈进、陈去病、何海樵三人，在未经取得党员资格之前，不准干预党事”。柳亚子与陈去病二十余年交谊，此时在政治上出现了严重裂痕。7 月下旬，恽代英自少年中国学会在南京召开的第六届年会归来，致信柳亚子，详细介绍了年会上跟“国家主义派”(亦称“醒狮派”)的斗争情况，提出要做中间派的工作。柳亚子即于8月1日、6日，连续发表《什么叫帝国主义》《对于帝国主义的误解》两篇文章，迎头痛击醒狮派的谬论。后文写道：“醒狮派以国家主义自命，在这风潮紧急的时候，不提倡以全力攻击英、日，而反来挑拨苏俄恶感……恐怕免不掉帝国主义者工具的嫌疑吧！人家说苏俄是洪水猛兽，我看这种离间中俄联合的邪说，才真真是洪水猛兽哩！”

然而此时此刻，党内右派竟然不惜实行暗杀；而首遭其害的，竟又是廖仲恺这位党内左派的巨擘！会上，柳亚子激愤得几乎无法控制自己的感情。他用颤抖的手，立即亲自拟就了致何香凝、致广州国民党中央执委会的两个唁电。

省党部全体执监委员联名致何香凝唁电云：“惊闻仲恺先生被难，痛极，伏望节哀，努力完成仲恺念年革命未竟之功。”

以江苏省党部名义致广州国民党中央执委会唁电云：“仲恺同志，忠贞勤敏。为国为党，始终不渝。当此国民政府成立之初，建设正有所待，乃遽遭狙击，闻耗之下，震悼莫名。请中央严究主使，誓与民贼不两立，并规定哀悼典礼，通令国内外党部，一本遵行，尤望各委员益加努力，完成革命。”

不久，国民党吴江县第三次代表大会在震泽镇丝业公学召开。柳亚子以四区一分部代表身份参加会议。姜长林以省党部代表身份出席，并发表演讲。

接着，县党部在丝业公学举行廖仲恺追悼大会。

柳亚子敬献挽联：“难忘畴昔周旋，南渡离筵频入梦；所赖英灵呵护，东征义旅早收功。”

他还在祭文中写道：“呜呼！先生何为而死耶？死先生者固出于谁氏之主谋耶？溯自吾党改组以来，容纳革新分子，淘汰落伍党员，树拥护农工阶级之旗帜，撞反抗国际资本之鼓钟，斯固先总理之睿谟，而先生之翼辅为最力。彼反动之败类，久已欲得先生而甘心矣。……可死者先生之肉体，不可死者先生之精神。吾侪追悼先生，当念先生之所以死，与夫先生之所以不死。唯是拥护先生之主义，贯彻先生之主张，以与死先生者相周旋。白刃可蹈，斯志不易，先生实昭鉴之矣！”

廖仲恺被刺事件，标志着国民党内部分化的加剧。柳亚子、侯绍裘、张应春等人的痛惜之情久久难以平复。他们深深感慨：“廖先生的牺牲，党内将从此多事矣！”

随着革命形势不断高涨，中国共产党杰出的组织和领导作用以及工人阶级在五卅运动中所表现出的巨大革命力量，使民族资产阶级右翼势力感到恐惧，国民党内部发生新的分化，形成了新的右派势力，与国民党老右派合流，一起来阻挠革命向前发展。于是，“戴季陶主义”粉墨登场。

戴季陶，名传贤，早年参加同盟会，曾追随孙中山从事革命工作，在国民党一大后担任中央执行委员、中央常务委员、宣传部部长，是国民党内公认的理论家。国共合作后，他曾一度表示拥护三大政策。但随着国民革命的深入，他的右派面目暴露出来。孙中山逝世后，戴季陶在国民党三中全会起草宣言，极力主张确定国民党的“最高领导原则”，后在上海法租界白来尼蒙马浪路（今马当路）慈安里擅自设一“季陶办事处”，门庭若市，右派分子趋之若鹜。1925 年六七月间，戴季陶先后写成《孙文主义之哲学的基础》《国民革命与中国国民党》两本小册子，反对唯物史观和阶级斗争的理论，反对革命的三大政策，宣扬中国革命应在资产阶级领导下，建立资产阶级统治的国家，要求已加入国民党的共产党员，“脱离一切党派，作单纯的国民党员”。国共统一战线面临一场十分严峻的斗争。

江苏省党部成立后，在柳亚子、侯绍裘、朱季恂共同领导下，一刻也没有迟疑地投入到反对戴季陶主义的斗争中。戴季陶的两本小册子刚出炉时，江苏省党部就向广州的国民党中央提出控告，要求取缔这两本反动小册子。国民党中央执行委员会第一百一十三次会议讨论了江苏省党部的控告，决定向各级党部发出通告，指出戴季陶的著作只代表他个人，未经中央鉴定，同时国民党中央又发布训令：“案据江苏省党部呈称戴季陶同志印行《国民革命与中国国民党》一书，影响殊为不良，应如何设法防止请示等情，本会……议决训令各党员，凡关于党之主义与政策之根本原则之言论，非先经党部议决不能发表”，要求全体国民党员一体遵照。省党部随后下达命令，要求本省各级党部立即取缔戴季陶的小册子，和戴季陶主义划清界限。

柳亚子、侯绍裘还组织力量，投入到在理论上批驳戴季陶主义的斗争中，以江苏省党部名义在上海执行部各省党部联合会会刊《中国国民》上发表《对于戴季陶同志的〈国民革命与中国国民党〉一书误点的辩正》，文章鲜明地批判戴季陶的观点，指出戴季陶的《国民革命与中国国民党》一书有五大错误：其一是误认孙中山思想发生于中国“数千年的旧文化”；其二是误认孙中山思想的根本意义是“仁爱”；其三是否认阶级斗争。文章在论述第四个错误时说：“中山先生的主义所以与欧美各国的民主主义之仅代表资产阶级者不同，所以能为被压迫民族革命的指导，便在特别努力于促进工农阶级有意识的集中和发展。”论述第五个错误时说：“中山先生要增进国民革命运动之实力，力求农夫、工人之参加，所以允许为农工阶级自己的政党之共产党得以跨党加入国民党。”

这篇文章对戴季陶主义在思想上予以有力的一击。随后，江苏省党部还将由瞿秋白、恽代英等撰写的中共《向导》周报社丛书《反戴季陶的国民革命观》，分发到各县市党部，供学习之用。

1925 年暑假后，侯绍裘应聘赴苏州任私立乐益女中校务主任兼教员。乐益女中在苏州原张自诚王府的旧址废基旁边，侧对面是苏州公园和苏州图书馆。校主张冀牖，祖籍合肥，淮军将领张树声之子，1918 年举家迁徙苏州，在五四新文化运动的影响下，热心办学，于1921 年创办了这所女子中学，取“乐观进取，裨益社会”之意。1924

年秋，为避江浙战事，在苏州乐益中学与松江景贤女中于上海共用一个校舍时，侯绍裘就给张冀牖留下深刻印象。没多久，乐益女中搬回了苏州，但张冀牖记住了侯绍裘，想请他到乐益女中任职。1925年8月，张冀牖专程赴上海聘请侯绍裘主持校务。

8月21日，经中共中央局批准，中共上海地方委员会改组为中共上海区委员会（亦称中共江浙区委员会）。上海区委正准备派人去苏州，建立中共苏州地方组织。侯绍裘在前往苏州办学时，就肩负起了领导和发展苏州革命的重任。8月底，侯绍裘邀请了共产党员张闻天、叶天底、王芝九等人同赴乐益女中，侯绍裘的弟弟侯绍伦也同在乐益任教。侯绍裘还带来了一对剪短发的姊妹沈蔼春和沈联春，她们是共产党员沈志远的妹妹，刚从景贤女中初中毕业，并在那里加入了国民党。现在到这里上高一，可以做学生中的骨干。蔼春、联春同校长张冀牖的三个女儿元和、允和、兆和一样，成了乐益女中引人注目的人物。

同年9月，侯绍裘在乐益女中秘密主持建立了中共苏州独立支部，因其身兼数职，只担任支部委员，叶天底任书记兼组织委员，张闻天为宣传委员。中共苏州独立支部是当时中共上海区委下属的外埠九个独立支部之一。

由于中共苏州独立支部的坚强领导以及侯绍裘等同志的努力工作，苏州革命的面貌有了显著的变化。党务、统战、工、学、青、妇等工作都有了很大成绩。乐益女中朝气蓬勃，成了中国共产党在苏州的革命据点。乐益女中对面的图书馆是侯绍裘经常秘密联系地下党员和革命人士的地方，也成了苏州革命活动的中心之一。正如叶圣陶所言，有了女中的掩护，“共产党从此也就在苏州有了立足的地方”。

1925年下半年，侯绍裘肩负苏州地区共产党的领导责任，直接与中共上海区委联系，同时又参加国民党江苏省党部的领导工作，负责乐益女中、上大附中、景贤女中的领导或教学工作，所以每个星期他都奔波于苏州、上海两地之间。

苏州革命的发展很快引起了顽固势力的注意，他们指责乐益女中“赤化”，乐益学生为“赤色分子”。当时，共产党人施存统来苏州公园东斋演讲，被地主官绅发现，地方官绅都为之震惊。乐益女中校长迫于压力，学期结束，在无可奈何中借口经济困难，将侯绍裘解聘。侯绍裘离开乐益女中，与他一同去苏州的同志也都先后离开了乐益。他们虽然离开了苏州，但中共苏州独立支部已经在苏州人民中扎下了根。他们播下的革命火种，已呈星火燎原之势，在苏州民主革命的历史上，留下了光辉的一页。

可以说，面对右派势力的猖狂进攻，国民党江苏省党部刚一成立，就投入紧张的战斗。柳亚子穿梭奔波于上海、黎里两地，兼管江苏、吴江党务。侯绍裘则经常奔波于苏州、上海之间，秘密进行革命活动。

张应春躺在病床上欲动不能，但她一直关注着时局的变化和革命斗争的发展，心急如焚。9月30日，她写信给赴沪开会的柳亚子，说：“这次常会我不能出席，您能够赴会也是我的幸事。因为您可以代我声明，而且返黎里，或可详细地告诉议决的事情和指教我。不过我现在舍下，足病仍旧未愈，走动就感苦痛，多坐亦不见适，唯卧床则觉舒服——奈何！！！”

又写道：“我意国庆日就近了，我们借这个机会，可以增多些工作和活动力，所以议决的事情须急急执行，您道如何？但是我久病未愈，屡次缺席，问心何安呢？闷极！恨极！”

10月中旬，张应春不顾家人的劝说，毅然出院，也不管沪宁线上奉直军阀正激烈交战，扶病赴沪就职。

大革命的暴风骤雨，正以排山倒海之势奔涌呼啸而来。张应春，由此奔向了辉煌而艰险的新的革命征途。

第十五章 加入中国共产党 立下誓言 痛击西山会议派义正词严

29

上海，这座东方大都市，张应春离开不到一年，又回来了。

在中国女子体育学校上学时，她在上海学习生活了近两年；在松江景贤女中当体育老师时，她也常到上海；后来，她又在景贤女中上海分部任教几个月时间。可以说，她对上海这座远东第一大都市、被称作“冒险家乐园”的租界城市已经相当熟悉。

当时，国共合作的国民党江苏省党部，二十名执监委中，中共党员十二名，共青团员一名，其余都是国民党左派，堪称国民党人和共产党人亲密合作的典范。在这里，柳亚子与朱季恂有师生之谊，侯绍裘又是朱季恂的高足，而住在这里上学兼养病的范志超则是朱季恂、侯绍裘两人在松江景贤女中的学生。因而，柳、朱、侯、范被戏呼为“四世同堂”。

对于张应春来说，柳亚子是她的兄长、老师，甚至可以说是父辈，一直对她给予关怀；侯绍裘、朱季恂是她在松江的同事，早就十分熟悉，特别是侯绍裘，是她走上革命道路的引路人；妇女部副部长杨明暄则是吴江盛泽人，与她年龄相仿，成了她的得力助手；妇女部秘书史冰鉴是省党部监委、共产党员高尔松的夫人，她和张应春是在女子体育学校上学时的同窗好友。其余各位，亦很快熟识起来。由于工作关系，她还很快结识了杨之华，在杨之华的指导下开展妇运工作。

杨之华，与张应春同龄，浙江萧山人，出生于一个趋于衰落的地主家庭。她与张应春有着相似的童年和少年。十六岁时，杨之华冲破封建藩篱，进入杭州省立女子师范学校读书，在五四运动中受到革命风暴的洗礼。后来，她来到上海，又到基督教会开办的女子体育师范学校上学，并参加上海的社会活动。1924 年初，考入上海大学社会学系，同年 6 月加入中国共产党。当时的上海大学是国共合作共办的革命学校，中共早期领导人瞿秋白、邓中夏、恽代英、萧楚女、张太雷、任弼时等都曾在该校任教。在上海大学的学习和参加各种社会活动的经历，培养和坚定了杨之华的红色政治信仰，而且她找到了真正的爱情归宿，成为中共早期领导人瞿秋白的“生命伴侣”。此时，她是中共上海区委的妇女部部长，同时担任着国民党上海执行部妇女部的工作。

这时，军阀孙传芳在南京任五省联军总司令，残酷镇压革命群众。上海总工会副委员长刘华和新南社社员、江阴县农民运动领袖周水平先后殉难。国民党右派气焰嚣张，时时伺机告密。江苏省党部内外，侦骑日夕往来，百无一宁。在这险象环生之际，省党部经费拮据，生活清苦，而且工作繁忙。张应春等人推心置腹，患难与共，工作配合默契，感情十分融洽。

张应春虽然足疾并未痊愈，但她精力充沛，兢兢业业忘我工作。她一边到苏州、南京等地调查研究，妥善安排全省妇运工作；一边积极协助组织部审查新党员，做好发证等事务。她常和柳亚子、侯绍裘、朱季恂、姜长林、史冰鉴等人彻夜深谈，次日黎明即起，却毫无倦容。她那全身心投入的工作热情，受到省党部同事的啧啧称道。

与此同时，张应春继续关心、指导着家乡的党务。抵沪半个多月，11 月 10 日，她写信给黎里区分部诸同志，说："在这半月里头，想来你们对于党务都是十分努力的。……尤其是我们四区，人家视我们为眼中钉，说我们是赤化了。……我们是主张打倒一切帝国主义的中国国民党，是主张三民主义五权宪法的中国国民党，也是主张联合工农阶级以实行国民革命的中国国民党，这当然要被专制色彩的人们来攻击，当然要被官僚式的反动派来嫉恨，这无足骇怪！但我们决不能忘却我们的主义而不去抵抗，决不能放弃我们的责任而不去奋斗。"

她又写道："我虽然知道我们吴江的同志，已经很努力了，但似乎还比不上别县；我虽然知道我们四区的同志，已经很努力了，但似乎还比不上别县的他区。你们以为如何？倘然是以为对的，请你们在已经努力之上，再加倍地努力吧！"

她最后嘱咐说："离开了妇女们，是成就不来革命事业的。我相信这句话真正是至理名言。然而我们四区的女同志，在数量上是何等地缺乏啊。我希望大家起来努力去宣传！"

12 月 14 日，她给家乡的一位女党员写信，谆谆告诫："我们为谋大多数民众的利益起见，只能牺牲一点吧！"

又道："你是个富家的女子，不能吃苦，这是确实的吧！然而现在中国觉悟的女子有多少呢？我们自己承认是知识阶级而稍有觉悟的女子了……我们就应该打破种种的困难，领导着一般民众，一齐向革命的路上去工作，要以谋到全民众的独立自由平等为目的。"

经历了斗争实践的考验，张应春由侯绍裘、姜长林介绍，经中共江浙区委批准，于1925年深秋，加入了中国共产党。

那天傍晚，侯绍裘把张应春叫到省党部常务委员合用的办公室，姜长林已经坐在屋里等候，两个平常表情严肃的男子汉都露出温暖如春的神色，仿佛遇到了什么喜事。侯绍裘笑着说："应春，今天是你的好日子，祝贺你啊！"

张应春听了，一时摸不着头脑。侯绍裘郑重通知她，中共上海区委经过慎重研究，已批准她为中国共产党正式党员。他和姜长林同志是她的入党介绍人。

张应春非常激动，紧紧握住侯绍裘和姜长林的手，三个共产党人的心此时此刻紧紧地联系在一起。随后，张应春举起握紧的拳头，严肃地立下誓言："我一定遵守党章，服从党的纪律，保守党的秘密，不惜流血牺牲，为共产主义奋斗终身！"

张应春找到了一条新的人生道路。道路这一端系着的，是女性获得解放的灼热渴求；另一端引向的便是彻底的社会变革和改造。而指引着她向前的，便是对共产主义的纯真信仰。

12月17日，张应春写信给在黎里的柳亚子，说："我以为入了党，当然以此前提了，一切都可以牺牲的。至于使命呢？我们恐怕无异吧——革命——孙先生遗给我们的使命吧。"

30

张应春抵沪就职期间，国共统一战线内部的斗争日益尖锐起来。国民党右派又公开掀起一股反共的逆流，统战工作变得更复杂，也更重要了。在复杂的局面中，张应春始终立场坚定，旗帜鲜明，注意团结国民党左派，坚持"联俄、联共、扶助农工"的三大政策，同国民党右派的反革命活动做了毫不妥协的斗争。

1925年11月，南京地区以宋镇仑、高岳生、达剑峰为首的国民党右派，建立非法的"国民党南京市党部"，公开背叛国民党一大确定的国共合作方针，成立南京孙文主义学会，鼓吹戴季陶主义。对此，在侯绍裘与柳亚子、朱季恂的领导下，江苏省党部立即给予反击，在11月19日的《申报》上发表《启事》，指出："本月15日南京所成立之市党部未经本部认可，纯系非法组织，本部不能承认。"

11月23日，国民党中央执行委员林森、居正、邹鲁、覃振、石青阳、石瑛、戴季陶、叶楚伧，中央监察委员谢持、张继，中央候补执行委员邵元冲、沈玄庐（沈定一）、茅祖权、傅汝霖等十四人在北京西山碧云寺孙中山灵前召开伪国民党一届四中全会，通过"取消共产党员加入本党者之党籍"，"解除俄人鲍罗廷之顾问职务"，"停止广州中央执行委员会职权"，"中央执行委员会暂移上海"，"开除谭平山、李大钊、于树德、林祖涵、毛泽东、韩麟符、于方舟、瞿秋白、张国焘九人之国民党党籍"等多种决议案，公开打出了分裂革命统一战线和反对国共合作的旗帜，史称"西山会议"。

在侯绍裘、柳亚子、张应春等人的领导下，国民党江苏省党部没有等西山会议结束，就于11月25日发表声明，揭露西山会议派的分裂行动和会议的非法性：

中国国民党各级党部暨全体同志均鉴：此次中央执行委员居正、石青阳等，竟违反中央执行委员会第一百十七次会议之决议，贸然在北京召集第四次全体中央执行委员会议，本省党部不胜骇异。查中央执行委员会……只可在国民政府所在地之广州举行，以便行使指导监督之职权。此次居正、石青阳等所召集之开会日期及地点，显系违背中央执行委员会之决议，而欲与中央执行委员会标榜异议。……本党此时之革命工作，南北均在发展中，全国同志均应一德一心，协力工作。即有意见，亦当在本党最高权力之第二次全国代表大会提出解决，始为合法。……对于此次北京非法会议，无论其所议结果如何，决不认为有效。兹特郑重宣言。

12月13日，西山会议派占据上海环龙路44号国民党上海执行部办公地点，设立非法中央党部。侯绍裘、柳亚子、张应春等人义愤填膺，立即以国民党江苏省党部名义，特于12月15日发表《公告》：

上海环龙路44号本为本党之上海执行部，本年12月13日为反动之西山会议派所占据，并自称为本党中央。本党各党部已有宣言誓不承认。为此，本省党部特郑重公告，所有该处自称为中央之言论，本省党部均不承认。该反动诸人更不能代表本党发表任何意见。

江苏省党部还呈文国民党中央，弹劾为右派控制、日渐成为江、浙、沪一带右派大本营的国民党上海执行部。呈文指出：上海执行部"于行为上时露反动。对于新进及努力之同志嫉之若仇，于其发展党务之事，动加掣肘；而纵容一般向不努力而忌人努力之反动分子盘踞其间，隐为结合，造谣中伤进步分子"。呈文还根据事实，具体列举了执行部形同官署、办事糊涂颟顸、纵容包庇反动分子等六条劣迹。

从此，上海和南京，成了共产党人、国民党左派与国民党右派短兵相接的激战之地。在侯绍裘、柳亚子、朱季恂、张应春等人的领导下，江苏省党部与西山会议派的坚决斗争一直延续到国民党二大上。

此时，广东革命形势喜人，以黄埔学生军为主力的国民革命军举行了第一次东征，讨伐叛贼陈炯明，得到彭湃领导的东江农民的热烈支援。国民革命军于11月4日攻占潮州、汕头地区，歼灭陈炯明部，大获全胜。消息传来，群情振奋。上海执行部妇女部在11月21日的会议上，议决下星期日召开各界妇女庆祝东江胜利大会。就在这时，"西山会议"在北京召开，由于西山会议派的破坏，庆祝会被改成了各界妇女联欢会。张应春对此十分不满，毅然拒绝出席；省党部妇女部也拒绝承担会议经费，以示抗议。

国民党上海执行部的妇女部，原来设有妇女运动委员会。妇运会由共产党人向警予、杨之华等领导，在五卅运动中威信很高。妇女部的部长是个男的，这时已成为西山会议派。妇女部竟于12月中旬下令解散妇运会。面对这一情况，张应春即与杨之华、钟复光、陈比难（陈碧兰）等奔走联络，数次召集会议，针锋相对地另行组织了妇运会，继续全力以赴领导进步妇女运动。

这时，柳亚子在黎里，积极筹备将于1926年元旦在平望召开的国民党吴江县第四次代表大会。在沪工作的张应春根据柳亚子的意见，想方设法，邀请共产党人萧楚女、姜长林等届时赴平望出席大会，发表演说，以迎头痛击吴江的国民党右派势力。

其间，有一天，沈玄庐（沈定一）跑到省党部进行反共游说。他见张应春新来乍到，便当着她的面指责省党部搞“赤化”宣传。此人早期参加过共产党，这时已摇身一变成为西山会议派。

张应春十分警觉，当即予以反击。她指出：国民党右派自己怕革命，怕牺牲，在革命危急关头逃之夭夭；形势有些好转，就想坐享其成。她又说，所谓“赤化”，只是共产党员努力工作的代名词罢了。三大政策是孙中山先生亲自制定的，你说它错误，难道你比孙中山先生还高明？

面对张应春义正词严的一番驳斥，沈玄庐无言可答，只得灰溜溜地走了。

针对国民党右派的分裂活动，身在黎里的柳亚子连续四次召集吴江县党部执委会，对“西山会议”表示义愤，声明不承认非法成立的伪南京市党部，并查询发电附和西山会议的党员的意向，开除附和党员的党籍。

柳亚子的鲜明立场和果断态度，受到党内右派的嫉恨。有人写信指责他是“提倡劳工之圣”，“破坏五千年礼教旧邦”，并以“逻者已在道”相恐吓。南京的国民党右派指认柳亚子为“共产分子”，要求开除他的党籍。

对此，柳亚子大义凛然。12月8日夜，他在回复一位吴江党员的信中，写道：“我一点也没有稀奇。我们是革命党，是要打倒帝国主义和军阀的……你不怕杀头么？倘然怕杀头，赶快出党吧！”

12月29日，柳亚子仗义握管，在《中国国民》发表四千字长文《告国民党同志书》。文章从理论和实践两个方面，逐一阐述了“联俄、俄共、扶助农工”三大政策的重要性和必要性，文章最后写道：

林森、戴季陶一般人，自己不肯站在革命的前线上奋斗，反而去勾结反革命的势力，甚至于去领导反革命的势力，要掀起党内轩然的大波，图谋倾覆广州中央执行委员会以及中央执行委员会所产生的国民政府，至少亦减损其威望，增多其纠纷，以为快心之举，这不是明明白白地叛党叛国叛总理吗？全国同志，人人得而声讨之矣！

是时，北方时局亦风云变幻。奉军将领郭松林倒戈反奉，在北京爆发了以推翻段祺瑞执政府为目的的“首都革命”。国民党中央会议立即通过了《中国国民党之反奉战争宣传大纲》，并宣布段祺瑞罪状。中共中央发出了中央通告第六十六号，号召开展群众示威运动，推翻段祺瑞政府。与此同时，日本政府出兵满州，开进中国东北。中共中央、共青团中央发表了《为日本出兵干涉中国告全国民众书》，指出日本不仅支持军阀，而且直接出兵与中国人作战，“全中国人，任何阶级的中国人都应该起来参加此次由反奉而反日的运动，以保全中国国家的领土主权与民族自由。”于是，上海、南京等地反奉反日的群众运动此起彼伏，如火如荼。

1926年1月1日，国民党吴江县第四次代表大会，在平望镇八慵园得真堂召开。与会代表五十九人。柳亚子主持会议。出席会议的还有张应春设法邀请来的江苏省党部代表、共产党人萧楚女和姜长林。会上，柳亚子提出两项重要提案：通电反对日本出兵东三省，通电声讨北京段祺瑞临时执政府。同时通过的提案还有：通电庆祝国民党第二次全国代表大会在广州召开，声讨叛贼；组织吴江县反帝国主义同盟。

柳亚子因已担任省党部常务委员，会前照章辞去兼任的县党部常务委员之职。 自此，他结束了上海、黎里的两地奔波，寓居上海，全力主持江苏党务。

第十六章 冲破阻力奔赴广州　国共合作受益匪浅

31

中国国民党第二次全国代表大会，将于1926年1月在广州召开。

1925年11月21日，在上海执行部的女同志会议上，江苏省党部妇女部部长张应春被推选为国民党二大江苏女代表。她积极吸收各方面的意见，准备了拟向大会报告的三个问题：一、经费问题；二、妇女部独立，不要由男子任部长；三、注重劳动妇女工作。

当天，张应春写信给在黎里的柳亚子先生，通报情况，征求意见。

她写道："其余的要求，还有哪些可以增加，我一时想不出，你可以代我想出几个么？ 这次全国代表大会，我们省部也是要派人出席的，我们也可以先考虑好一些意见和要求带到会上，你看如何？"

在随后又一封给柳亚子的信中，她仍是通报了省党部的一些情况，并请他对妇女部的工作给予指导。 她对工作认真负责的精神跃然纸上：

中央已批准我们省党部从明年1月1日起可以领到补助费了。

朱先生（朱季恂）的广东之行定在一周内出发，他此行的目的是向中央反映反动派的一系列举动，并请愿改组《民国日报》社及上海执行部等。

绍裘先生最近将要住到省党部了，这当然好！但是做事还是感觉缺乏人手，可恨我不能更多一点分担他们的工作。

妇女部如何发展，对各县党部女同志应该怎样进行联络并领导她们的工作呢？请亚子先生切实给予指导。

在这封信中，张应春就好友柳均权对待革命事业的消极态度直言不讳地表示忧虑，并希望亚子先生能够对她批评说服：

均权今天来（省党）部里了。我正在参加一个会议，没法陪她，她坐了一会就离开了。我觉得很对不起她，约她下星期再来，她说来看我是可以的，但不愿来开会，而且她说永远不愿出席无论什么会议了。我想她这样消极，大概是被教会麻醉的吧？还是被教会学校那些大小姐色彩的学生感化了？您能够去说说她吗？

这时，家庭出现了阻力。 西山会议派的猖獗，像葫芦兜这样偏僻的乡间也深深震惊了，其中还夹杂着不少骇人听闻的谣传。 12月中旬的一天，张应春又接到父亲的一封来信，一定要她回家。 父亲认为当前的时局很是凶险，生怕女儿遭致意外。

那天，窗外的冷雨凄凄，尖削的寒风从窗缝中吹进来，让人陡感彻骨的寒意。举目看看窗外，只见一片烟雾迷蒙，整个上海仿佛沉沦于灰白色的死寂的空气中。透过那薄薄的信纸，张应春似乎看到父母那忧心忡忡焦虑万分的神情，她的心里涌起一阵涟漪。是的，他们是那样地疼爱自己，他们的担忧不是没有缘由。她不想责怪他们添乱，但回去一趟，跟他们作一些沟通和解释，给他们一些安慰是必要的。

恰巧，这时江苏丹阳妇女界邀请张应春前往演讲。她准备先做丹阳之行，回上海时顺路返家一趟，做做家庭工作。但是，由于上海执行部妇女运动委员会被解散引发的激烈斗争，她的丹阳之行只好一再延期，回家一次的打算也就迟迟未能见实。

直到12月21日，张应春不得不提前于丹阳之行之前，从上海直接回到葫芦兜家里。

关于出席国民党二大的广州之行，家里出于对女儿的忧心，竭力反对。张应春和父亲之间发生了争执。

父亲说："那南粤之地，从来就极不太平。他们连廖先生都敢暗杀，你非要去那里折腾什么？"

应春说："爸，你当年可不是这样啊。记得你跟我说过，广东是辛亥革命的摇篮，也是孙中山先生的革命发源地。其实那里现在是最革命最平安的地方。"

父亲"哼"了一声，说："这世道，还有什么平安的地方？闺女，你就别再折腾了，老实在家待着吧，要么还回黎里教书。爸不是为难你，你也老大不小了，在家歇一歇，也该考虑自己的个人大事了。"

应春急了，说："爸，你烦我了不是，这么急着想把我嫁出去呀？这个家我可没待够，我还没想考虑这个事。"

父亲张农的态度坚决："你回到家里，我不催你嫁人，可广州你不能去，上海我看你也别再去了！"

母亲从来没见过这父女俩如此对峙，不依不饶，意见相左。她赶紧过来打圆场，说："应春，听说你要回家，你爸特意让人送了些大闸蟹过来，这个时候蟹子透肥，我已经煮好了，这就给你端来，趁热吃。"

这时，弟弟祖望、小妹留春都围了过来。两个月了，他们才见到大姐一面。他们知道大姐在外边做大事，心里很是羡慕，为姐姐感到自豪，但父母的焦虑和外界的谣言传导给他们，让他们也时时为姐姐的安全担忧。

应春让弟弟妹妹一起吃蟹，谁知他俩都连连摆手。留春说："姐，我们在家常吃的，我都吃腻了。"

应春笑了："小馋猫，我还不知道你，还吃腻哩，快一起吃吧！"

一时间，张应春被家的氛围家的温馨包围着，她的心里又一次荡起涟漪。但是，她知道，家的安详平和只是暂时的，军阀混战，小小葫芦兜照样被卷进战祸的旋涡，颠沛流离的日子也不是没有过；父亲自己不都叹息么，这世道哪里还有平安的地方？她现在所做的事业，她到广州去，不就是为了这个国家，为普天下的民众争取民主自由争取幸福生活的权利吗？

她相信，父亲总有一天会理解她的。

父亲这一次虽然进行了劝阻，但仍没有硬拦。他知道，就是把女儿拦在家里，锁在房里，也拴不住女儿的心。当年，是自己给小应春讲秋瑾的故事，让她以秋瑾为榜样的呀。他真的没有料到女儿会义无反顾地走上这条布满荆棘的革命之路。

张应春在家只住了一天，12 月 23 日就匆匆回到上海。本来，她定于 24 日和侯绍裘、朱季恂、刘重民等五人，一起出发前往广州，但考虑到这一去将要一个多月的时间，丹阳之行不能再拖那么久了，于是，她不得不独自推迟了行期，于 24 日前往丹阳，为丹阳妇女界作了《妇女与革命的关系》的演讲。

张应春作为国民党江苏省党部的代表，专门给丹阳妇女界上课，发表演说，这在丹阳还是有史以来第一次。张应春说："女子地位的低下，家庭束缚是因素，但归根到底是社会制度问题。只有进行国民革命，改革不合理的社会制度，才能推翻压在妇女身上的大山！”

丹阳的妇女同胞听了张应春的演说，既感到新鲜、钦佩，又懂得了“国家兴亡，女子有责”的道理，认识到推进国民革命是妇女解放的先决条件。

告辞丹阳的姐妹们，张应春毅然风尘仆仆地赶往广州。

32

1926 年 1 月 1 日至 19 日，国民党二大在广州召开。当时的广州，在中国共产党的推动和帮助下，国民政府通过两次东征和一次南征，统一了广东革命根据地，震惊中外的省港大罢工还在进行中，几十万省港罢工的工人天天游行集会，群众的革命情绪空前高涨，到处都可以听到《国际歌》的雄壮歌声。

元旦那天，上午开幕典礼，下午阅兵。广州各炮台礼炮齐鸣，飞机翱翔天空。参加阅兵式的有一万多军人、十万多群众。他们整队行进到代表席前，口号声声，欢呼阵阵，情绪激昂热烈。1 月 4 日，会议正式开始，会址设在广东省议会的大厅中，布置得朴素庄严。会场门口设置了一个很大的地球模型，表示全世界革命运动的团结。

大会开始后，代表们听取报告，议事发言，并参加了数次盛大的祭礼。祭黄花岗七十二烈士墓，祭廖仲恺墓，祭沙基死难烈士墓。张应春聆听了中央代理宣传部长毛泽东所作的宣传报告，邓颖超代中央妇女部长何香凝所作的妇女运动报告，以及何香凝在公祭廖仲恺、公祭沙基惨案死难烈士大会上的演说。她认真撰写并递交了江苏妇女运动书面汇报，提出了关于妇女运动的两项议案：一、中央各省党部组织妇女运动讲习所函授班案；二、中央各省各县党部附设平民妇女学校案。

会议上，侯绍裘、朱季恂和张应春还多次发言，揭露西山会议派控制的伪中央执行部的种种劣迹，提案严惩西山会议派等右派分子，取消西山会议派的上海伪中央执行委员会，并指出：上海伪中央执行委员会诸反动分子，如叶楚伧、邵元冲、周佛海、马超俊等人，“正在上海积极宣传反革命，应予以严重处分”。经过讨论，他们的提案均为大会所接受。在大会的第六天，讨论“代表向总理遗像宣誓案”时，侯绍裘发言，建议把“实行三民主义”这一句删去，“因为我们宣誓时要把总理的思想全体一致地接受。如果只说三民主义，难道我们只认三民主义为总理的思想，而不认总理遗嘱上所说的建国方略、建国大纲及第一次全国代表大会的宣言吗？”侯绍裘的讲话引起全场一片热烈的掌声，在思想理论上给了西山会议派沉重一击。

会议期间，张应春见到了她一向钦佩的孙夫人宋庆龄。她是那样地端庄美丽，温文而严肃，充满革命的热忱，坚守孙中山的理想和主张，和中国共产党真诚合作。她怀着激动的心情，走到宋庆龄面前，向她问好致意。宋庆龄见她这么年轻而精明能干，且是参加大会的江苏省唯一女代表，感到欣慰并给予了充分肯定。

张应春还结识了广东妇女运动的领导人邓颖超。生于1904年的邓颖超先后在北京平民学校、天津直隶第一女子师范学校读书，后在北平师大附小、天津达仁女校任教。1919年五四运动时期，她和周恩来等天津学生运动的领导者，共同组织了进步青年团体觉悟社，参与领导天津学生的爱国运动。1924年参加中国共产主义青年团，1925年3月转为中国共产党党员，任中共天津地委妇女部长。1925年夏，邓颖超被调到广东，任中共广东区委委员兼妇女部长，同时，她是国民党广东省党部妇女部秘书，协助妇女部部长何香凝开展广东的妇女工作，组织广大妇女投身国民革命。同年8月8日，她和时任黄埔军校政治部主任的周恩来结婚，从此他们结为终身革命伴侣。

广东是国民革命的策源地，在何香凝、邓颖超的领导下，妇女运动和妇女团体都较其他省份活跃。张应春通过与邓颖超真诚交流，学习经验，受益匪浅。

这期间，张应春还和侯绍裘、朱季恂、刘重民等人出席了江苏旅粤同志欢迎会，并合影留念。

在广州，张应春特地买了一只精美的漆盒，作为参加这次大会的纪念。

这次大会，通过了有关继续坚持孙中山三大政策、加强国共合作、扩大反帝反军阀运动、联合被压迫民族、加强农民运动等重要决议；发表了宣言，重申反帝反封建的革命纲领；惩处了破坏国共合作的西山会议派首要分子。柳亚子当选为国民党第二届中央监察委员，朱季恂当选为中央执行委员。两人仍兼江苏省党部常务委员，负责江苏党务。

置身于这样一个云飞浪卷的大革命中心，张应春深深感到自己还很稚嫩。她萌生了进入上海大学社会科学系学习的念头，想多学些革命理论，以更好地领导全省妇女运动。

1月7日深夜，她在灯下给柳亚子写信，说道："在此，我觉得我的能力实在薄弱，学问实在不够，明年想进上海大学新社会学系求学。不知做得到么？你以同志的角度来切实地评论一句好么？我所以要读书原因如下：(1) 想得些知识上的进步而领导妇女们做革命工作；(2) 我的脚至今未愈，教员当然不能做了；(3) 我现在住在上海，省部方面党证仍由长林发或由省部交给我，妇女部事情仍旧可以顾到。你看如何？"

她还写道："何香凝同志见识实在不错，她在五日那天公祭廖先生时发表的意见和祭沙基惨死烈士时的报告都令人钦佩。我想要和她详细谈一次调查妇女运动，但我的计划尚未做好，故不能即日要求，况且这几天她很忙罢。大会至十五号闭幕。现在一个问题也没讨论过，时间已过了七天了，您道糟糕不糟糕呢！"

同时，张应春十分关注正在召开的国民党吴江县第四次代表大会。信中写道："吴江方面党部进行如何？代表会结果谅很好，(萧) 楚女、(姜) 长林宣传的结果如何？请告我听听。"

张应春还特地向大会发刊处登记，要求给柳亚子直接寄两百份大会日刊。

第十七章 就读上海大学如愿以偿 创办《吴江妇女》雄心勃勃

33

中国国民党第二次代表大会结束，已经临近春节。张应春回家与亲人团聚。父母见女儿归来，并没有遇到传说中的风险，又听女儿讲述广州大会的盛况，也就暂且不提阻拦她外出的事。张应春稍事休息，即于1926年2月7日（阴历正月初五），与柳亚子、毛啸岑转道嘉兴，前往上海，召集在景贤女中分校举办的江苏省各市县党部联席会议，会期三天。

接着，为推动国共合作的国民革命在江苏深入发展，江苏省党部举办全省干部寒假训练班，历时旬余。参加这次训练班的有各县、市党部的左派党员四十八人，主要讨论阶级斗争与国民革命、三民主义与马克思主义、联俄与联共等问题。训练班组织了一系列报告，都由共产党人和国民党左派主讲。主要有：施存统主讲《社会发展史》，杨贤江主讲《团体组织法及青年运动》，杨之华主讲《妇女运动》，蒋光赤主讲《世界政治状况》，张廷灏主讲《不平等条约》等。南京市代表、共青团南京地委妇女委员陈君起，来自吴江的中共党员陈味芝，共青团员瞿双成和傅缉光、汪履震、张光炜等一起与会。杨之华不仅授课，还帮助省党部协调其他工作。参加训练班的国民党员第一次受到这样系统的政治思想教育，“精神始终极佳，并表示满意”。训练班的教员与学员还一起合影留念。

联席会议和寒假训练班期间，事务繁杂，工作非常紧张，常常夜以继日，通宵达旦。这时的张应春，圆脸宽额，一头短发，戴一顶肉红色的西式女呢帽，穿一件灰色线呢棉旗袍，走路和动作总是那么利落，跟人一见面就爽朗地问候：“啊！我早已知道你的名字了。幸会幸会！”她的脸庞总是带着微笑，真诚热情的性格让人如沐春风，谁都乐意和她亲近。

课余，张应春忙着跟各市县党部妇女干部交谈，全面部署全省妇女运动。她在工作中始终保持着青春的激情，洋溢着革命者乐观豁达的态度，浑身的劲像使不尽似的。

此后不久，张应春如愿以偿，由省党部出具公函介绍，做了上海大学社会科学系的旁听生。上海大学是当时名闻遐迩的“红色学府”，是中共培养干部的学校，共产党人瞿秋白、邓中夏、恽代英、张太雷、蔡和森、萧楚女、任弼时等都是这所学校的教员。该校探索性的教育制度，在中国现代教育史上也占有重要地位。上海大学的社会科学系是在瞿秋白等共产党人的全力倡导下办成的，学习课程主要有社会学、社会进化史、社会运动史、社会思想史、外语、现代政治、哲学概论及心理学等。这个系的学生占全校学生半数以上，他们大部分家境贫寒，政治上倾向革命；上课时学习革命理论，下课后参加实际斗争。张应春的上级领导、中共上海区委妇女部负责人杨之华就曾在上海大学读书，并在此与瞿秋白结为终身伴侣。张应春听得最多的，是瞿秋白、恽代英等共产党人的讲课。她如饥似渴，一边投身革命实践，一边学习革命理论。

上海大学当时附设了一所平民学校，主要以夜校形式上课，招收的学生为儿童乃至成人，教他们识字和算术。平民教育走出校门，到工人居住区帮助开设工人夜校，这已是中共党组织的工作内容之一——启蒙、宣传、组织。张应春在黎里办过暑期妇女学校，经验较为丰富，她曾多次到沪西、杨浦、虹口等地为众多女工上课，讲授革命道理，教唱《国际歌》，并积极培养女工骨干分子。

在上海大学的学习，让张应春更多地接触到了中国共产党的早期革命家，系统地学习了革命理论，开阔了视野，拓宽了眼界。同时，她把学到的理论知识应用到革命实践中，对其领导江苏的妇女运动发挥了重要的作用。

34

在革命斗争的实践中，张应春深深地认识到，革命舆论的重要性。她认为，省党部应办一份大型日报，妇女部也需办一份月刊或半月刊。2月间，在同志们的支持下，张应春写了一个创办《吴江妇女》月刊的计划，交给中共党团组织讨论，转请中共上海区委批准。并雄心勃勃地打算在取得经验后，扩大创办《江苏妇女》。柳亚子提议，该刊于3月8日国际妇女节创刊，创刊号以介绍国际妇女节为中心内容。当时省党部的办公和宣传经费，被盘踞于上海执行部的右派克扣，分文无着。该刊的印刷费用，由省党部的一些同志分担。

3月8日，由张应春担任主编的《吴江妇女》创刊号正式出版。《发刊话》没有署名，其实出自柳亚子的手笔，开宗明义地指出：该刊宗旨为打倒帝国主义和军阀，推翻旧礼教，要求妇女和全人类的自由平等。

张应春发表了《国际妇女纪念日与吴江妇女》一文，以纪念宣传国际妇女节。文章开首指出：

革命先进国的领袖——列宁，告诉我们说："全世界的人类有两个阶级——压迫和被压迫。"压迫阶级当然就是帝国主义、军阀官僚地主和资本家等；被压迫者，就是大多数的农民、工人和弱小民族。但是，我们妇女除了这许多压迫者以外，还要受旧礼教的束缚、家庭的压迫和男女不平等、经济不独立等，种种的不自由和受压迫。自古至今的女子，在这黑暗的地狱下过着受压迫的生活，苦头不知吃得多少呢！

文章接着指出，纪念国际妇女纪念日的意义，"就是要唤醒一般的妇女，来打倒一切的压迫和束缚我们者"。

文章分析说，吴江地方虽小，但它是全中国的一个缩影。那些地主资产阶级的子女，有许多外出求学的，但相当一部分人求学的目的，不过是拿来做招婚广告罢了；她们的婚嫁并不能由自己做主，而是由封建家庭包办，经济上也不能独立，其实何尝有自由可言？而普通劳动妇女，更让人感到酸楚同情，她们一天到晚地做工劳作，还是吃不饱、穿不暖，还要抚育子女、烹调缝缀，做种种琐碎之事，竟还要受丈夫及封建家长的无礼责骂……

文章驳斥了阻挠妇女解放运动的种种反动论调，一针见血地指出：他们"要自己隐去自己的罪恶，而进行压迫的手段，就不得不创出许多口号来离间我们，来消灭我们，并且联络军阀，以武力来威吓我们，要我们不声不响地做他们的被剥削被压迫者"。

文章最后大声疾呼：

姐妹们，大家醒！醒！醒！醒醒吧！

我们吴江的妇女没有死尽，就要来为自己的自由，为自己的经济独立，为社会上法律上教育上求种种的平等，而在这国际纪念日来联络全世界的战线奋斗，向压迫阶级进攻！进！进！进！努力！努力！

创刊号上，同时发表了省党部妇女部的《三八纪念宣言》、姜长林的《祝〈吴江妇女〉》、季膺的《妇女的“人日”》、引史的《吴江妇女与三八纪念》。

《吴江妇女》创刊伊始，就像成束的榴弹、密集的排炮，显示了它一往无前的革命朝气和战斗威力。

当时的上海白色恐怖弥漫，革命刊物的发行从来都是租界巡捕房和军阀特务注目的对象，此刻尤险。《吴江妇女》在闸北某印刷厂排印，为了安全，每期都由同志们轮流去印刷厂校对。该刊的发行工作，由张应春亲自承担。为了广泛联系读者，她勇于承担风险，特在每期刊物封面注明了通信处：“上海望志路永吉里41号张应春转”。

张应春热情非凡，毅力特强，为编印《吴江妇女》呕心沥血，每天工作达十六七个小时，常常深夜不眠。她亲自撰稿、约稿、编辑、筹划经费。为该刊撰稿者，除张应春外，有柳亚子、杨之华、高尔松、姜长林、瞿双成、葛季膺、沈华昇、张光炜等，以及上海、南京、广州、南通、江西、铜山、川沙等地的妇联会。

《吴江妇女》月刊，共编辑五期，付印发行四期。这份刊物，当时受到上海和江苏许多妇女读者的热烈欢迎，今天已成为妇女运动史的一份弥足珍贵的资料。

第十八章 夫子庙贡院登台演讲 中山陵奠基挺身护卫

35

1926年3月12日，是孙中山逝世一周年纪念日。依照孙中山遗愿，国民党二大决议，在南京紫金山南麓筹建中山陵。这里西邻明孝陵，东毗灵谷寺，山势雄伟，视野开阔。中山陵奠基典礼，就是这一天在南京紫金山麓举行。

早在西山会议召开前夕，宋镇仑、高岳生等人未经江苏省党部、国民党中央批准，于1925年11月15日成立非法的国民党南京市党部（以下简称右派市党部），公开背叛孙中山“联俄、联共、扶助农工”的三大政策，否认国共合作的国民党南京市各区党部联席会，并公然宣布开除曹壮父等人的国民党党籍；他们组建了反动的南京孙文主义学会，为篡夺南京地区的革命领导权做准备。

鉴于国民党右派已经公开进行分裂活动，国民党左派针锋相对，积极筹建市党部："南京右派分子未奉上级命令擅自成立市党部，当然为我们所不赞成，除电上级请求开除此种分子外，现在决定即日成立四个区党部，并成立市党部与他们对抗。现在积极进行，当可成功。"经江苏省党部批准，1926 年 1 月 10 日，国民党南京市党部（以下简称左派市党部）成立，执行委员包含曹壮父、陈君起、严绍彭等人，党员有五百余人。市党部成立后，积极开展党务工作，积极宣传孙中山的三大政策和新三民主义，反对右派，建立了南京三民主义学会等组织，不断扩大革命影响力。至此，南京出现了左派和右派两个市党部并立的局面。

为做好孙中山陵墓的筹建工作，国民党中央执行委员会决定建立总理丧事筹备委员会，由汪精卫等十二人任委员，宋子文、叶楚伧、林焕庭为常务委员；并决定在上海设孙中山丧事筹备处，杨杏佛任筹备处总干事。

为筹备中山陵奠基典礼，左派市党部曾几次派人同右派市党部联系，邀请他们共同举办纪念活动，却遭到拒绝。右派市党部为力争在国民党党内的正统地位，抢先成立了孙中山先生逝世一周年纪念筹备处。左派市党部也不得不邀请一些团体成立了另一个孙中山逝世周年纪念筹备处。两个筹备处各自分头准备纪念活动。

3 月 9 日，广州中央党部电令上海孙中山先生葬事筹备处与江苏省党部及沪宁各级党部联合组织一个孙中山逝世一周年纪念大会。葬事筹备处连夜开会，决定请南京的两个纪念筹备处合并为一，葬事筹备处也加入，共同筹备。但是合并的计划没有成功，于是，上海孙中山先生葬事筹备处决定参加左派市党部及省党部组织的纪念会。

10 日晚，孙中山家属宋庆龄、孙科以及广州国民政府代表邓泽如，总理葬事筹备委员会委员叶楚伧、林焕庭等抵达南京，左派和右派两个市党部都派人到下关车站迎接，但两派的欢迎口号，却已互相对立。11日晚七时，左派市党部组织提灯会，游行队伍提着各色灯笼，举着宣传标语，由贡院出发，经三山街、中正街、花牌楼、成贤街至东大附中操场，沿途呼喊口号、散发传单。沿途观灯者众多，影响很大。

11日，张应春和柳亚子、侯绍裘、朱季恂等江苏省党部代表乘车前往南京。火车到达下关车站之前，南京、上海两地的一批右派打手，已手执木棍、手杖，虎视眈眈地守候在那里。火车进站，已是万家灯火。代表们走下车来，侯绍裘先到报到处签名。不料，右派打手突然高呼："打倒左派！"举起棍棒蜂拥而上。幸好站上人多，被群众及时制止，柳亚子在张应春等人的护卫下幸未受伤，而侯绍裘受了轻伤。

国民党右派的暴力举动，使不少人忧心忡忡，也使第二天的奠基典礼活动能否顺利举行添上了问号。为了防止在第二天的奠基典礼上发生冲突，葬事筹备处主任干事杨杏佛当晚与西山会议派邹鲁商定，保证在奠基典礼上双方不喊口号，不发生冲突。左派市党部的领导人也讨论研究了这个问题，他们认为，在庄严神圣的典礼上，国民党右派分子应该不会动手打人。因此，他们决定仍照原计划安排，未携带装备，以避口实。

12日上午，春寒料峭，细雨霏霏。江苏省党部在南京夫子庙贡院召开孙中山逝世一周年纪念会。贡院内人头济济，挤不进门的就站在门槛外听讲。登台讲演的人很多，一个接着一个，听讲的连声热烈赞叹。张应春以省党部妇女部长的身份登台演讲。她阐述了国民革命与妇女解放的关系，猛烈抨击了段祺瑞执政府的卖国政策，号召妇女起来为国民革命和妇女解放努力奋斗。她说：

可恶的段祺瑞，他用"外崇国信"四个字来替代废除不平等条约，更用强盗分赃式的善后会议，来替代了国民会议，把孙中山先生的主张，在事实上完全取消，真是一万分的荒谬！尤其可恨可恼的，就是由他们强盗分赃式的善后会议里面，规定了冒牌式的国民会议的章程。在那章程上面说："凡中华民国之男子，年满二十五岁，而具有相当之知识者，得有选举权和被选举权。"

同胞们！姐妹们！大家想想看，我们女子是不是人？是不是中国的国民？我们当然是！是中国的主人！但段祺瑞等竟敢制定这样的章程来轻视我们，来侮辱我们，来排除我们的权利。亲爱的姐妹们！我们应该怎样对付他们呢？我们应该努力团结起来，继承孙中山先生的精神和遗下的革命事业，沿着孙先生指引的道路，不顾一切地奋斗，即使牺牲生命而在所不惜！只有这样，才能够打倒段祺瑞和一切反革命派，才能够召集真正的国民会议以实行直接的民权政治，才能够废除不平等条约以完成中华民族在国际上的独立和自由。

她大声呼吁：

同胞们！姐妹们！我们天天嚷着革命，并不是为我们知识阶级和小资产阶级自身的利益而革命，我们要为大多数工农群众的利益而革命，同时也要唤醒工农群众，组织工农群众，使他们为自己的利益而革命，要知道大多数群众的利益，才足以代表全民族的利益。还有，我们要确定男女平等的原则，我们并不是单纯地为家庭里面太太奶奶小姐们，为学校里校长教员学生们的利益而奋斗。我们要顾念到工厂中的姐妹们，我们要顾念到农田中的姐妹们……

希望诸位同胞和姐妹们，努力和我们合作，大家站到革命的旗帜下面来，解放自己，解放全中国被压迫的民众！

会后，大会组织与会群众在夫子庙贡院举行了声势浩大的示威游行。张应春手执"拥护国民会议"的旗帜，精神抖擞地走在各界妇女队伍的最前面。

36

当天下午，依然细雨淅沥，阴云笼罩。在紫金山南麓的中山陵墓址，奠基典礼的主席台前，摆着刻有“浩气长存”四个金字的中山陵模型。参加典礼的有孙中山家属宋庆龄、孙科，有国民党中央代表邓泽如、吴玉章和各地方党部的代表，有苏联驻上海总领事，英、日、美等国家驻南京领事等。上海大中华、百合照相馆纷纷到场摄影，上海新影片公司还架起了电影摄影机，准备将这一具有历史意义的场面摄制成电影。

下午三时许，奠基典礼开始，由邓泽如主持典礼，叶楚伧任司仪。奏乐、升党旗后，全体到场人员向孙中山遗像行三鞠躬礼，然后由邓泽如演讲，说明孙中山葬于南京紫金山的原因，因为“南京为临时政府所在地，又为孙公就任临时大总统之地，是南京一隅，与孙公所抱之革命主张有密切关系，故有如是之遗嘱”。接着，由葬事筹备处主任干事杨杏佛报告选择墓址的经过以及工程计划。然后，国民党中央代表邓泽如举行奠基石揭幕仪式，他把奠基石上覆盖的青天白日党旗取下，露出奠基石，上刻“中华民国十五年三月十二日中国国民党为总理孙先生陵墓奠基”。随后，全体人员再向孙中山遗像三鞠躬，宋庆龄、孙科向全体到场人员答谢。大家高呼口号：“孙先生不死！”“孙先生主义万岁！”典礼在乐曲声中结束。

不料，奠基典礼刚刚结束，右派队伍中突然吹起警笛，高喊“打倒左派”“打倒跨党分子”等口号。张应春等人立即予以回击，振臂高呼：“打倒西山会议派！”原来，张应春等江苏省党部代表的队伍到达时，右派雇佣的打手二百多人装成学生模样，已混在纠察和服务人员中间。这时，那群早有准备的打手，抡着棍棒、旗杆蜂拥着打将上来，群众队伍顿时大乱，许多来宾纷纷逃散。

鉴于右派势力猖獗，来南京前，中共上海（江浙）区委书记罗亦农曾再三叮嘱，要绝对保证柳亚子的安全。危急之中，练过武术的张应春挺身而出，立即护卫着柳亚子。她的身上被右派打手的棍棒和乱掷的石子击中，但她咬紧牙关，忍着疼痛，与陈君起、唐蕴玉、庄元勇等女同志一起，匆匆保驾着柳亚子下山。山路坎坷不平，又湿又滑。她们踉踉跄跄，好不容易来到山下。脚下一滑，柳亚子与当时搀扶着他的唐蕴玉一齐跌倒在地。柳亚子穿的旧皮袍倒没怎么，唐蕴玉的新狐皮旗袍却是泥水淋淋，幸好两人都没有受伤。

侯绍裘一边上前进行说理斗争，一边掩护同志们撤退，被右派打手棍棒和拳脚相加，当场昏倒在地。幸亏同志相救，将他抬下山来。直到黄昏时分，侯绍裘才慢慢苏醒。这时，张应春、陈君起等人焦急地赶来探望他。侯绍裘想着同志们的安全，叮嘱他们不要和上海孙文主义学会分子同车返沪，以免到上海再发生意外。果然不出所料，右派分子已守候在上海北站，准备挑衅滋事。由于预防在先，代表们隔天回沪，才避免了一场流血事件。

那天深夜，江苏省党部的代表们聚在一起，分析这次事件发生的原因，严厉谴责右派分子在光天化日、神圣隆重的公共活动中竟然做出如此暴力之事。他们总结此次活动的经验教训，对于右派分子的反动面目有了更加清醒的认知。同时，他们意识到这次事件也反映出了党组织尚且不够成熟，对于右派分子的公开分裂和罪恶行径事先没有做出准确的预判，过于轻信对方，交涉中过于妥协，不坚持革命态度，缺乏戒备和应对措施；会议组织安排不到位，致现场局面十分被动，众多同志受到人身伤害。

柳亚子对张应春等人在关键时刻挺身奋力护卫深表感激。

柳亚子说："从目前的局势看，西山会议派并不甘心他们在国民党二大上受到的惩处，他们做出的任何疯狂举动都并不奇怪。所以说，我们今后所处的环境会更恶劣，斗争会变得更激烈。"

张应春愤怒地说："这些人到底想干什么？他们打着'孙文主义学会'的旗号，实际上做的是违背孙先生遗愿的勾当。"

柳亚子告诫大家：“他们已经肆无忌惮，所以同志们一定要倍加小心。尤其是你们这些‘跨党’同志，已经成了某些人的眼中钉肉中刺，他们口号都喊出来了，都已经抡起了棍棒，看来更大的风暴还在后面。”

张应春说：“联俄、联共、扶助农工是孙先生提出的三大政策，他们竟然公开违背。这种情况下，我们当然不能退缩，当然要针锋相对跟他们作斗争！”

柳亚子用赞赏的目光看着她，说：“应春，你的勇气值得我们大家学习，也让我想起女中豪杰秋瑾。你曾经跟我提过，让我给你取个雅号，你看‘秋石’二字如何？秋，意在景仰秋瑾；石，意为坚如磐石。”

“秋石，好！谢谢亚子先生送我这么好的雅号。我当然不敢自比秋瑾，但我会以秋瑾为榜样，为国民革命义无反顾，勇往直前。”

通过中山陵奠基典礼触目惊心的一幕，张应春目睹了国民党右派面目的充分暴露。她清醒地意识到，西山会议派虽在国民党二大受到惩处，共产党人、国民党左派与右派势力的斗争却是格外尖锐格外激烈了。

是的，更加严峻的考验还在后面，张应春和同志们将迎接更加严酷的斗争。

第十九章
滴血檄文悼念三一八惨案　迎头痛击反动派嚣张气焰

37

1926年3月14日，张应春、柳亚子一行自南京返回上海。

当夜，柳亚子给在清华学校就读的长子柳无忌写了封信。他抑制不住心中的怒火，在信中告诉儿子：“南京的反动派真混账，造谣和打人，是他们的看家本领。这一次打了两回，我们很吃亏，然而他们的兽性也完全暴露了。”

次日，柳亚子与中央监委邓泽如，中央执委朱季恂、吴玉章，联名致信广州国民党中央执委会，愤怒控诉南京右派的暴行，严正要求：

“请中央发表宣言，明白暴露其罪状，并申明除广州以外，一切未经党部批准，擅自组织之孙文主义学会，均与本党无关，以揭破其阴谋。”

还在南京期间，3月12日上午，右派以纪念孙中山逝世一周年之名，曾在秀山公园集会。五卅工人公学有个学生散发革命传单，被右派通知警察拘捕。有位教员前去保释，亦被拘留，柳亚子为此找了时任江苏省长的南社旧友陈陶遗，设法营救。陈陶遗说，现在地检厅在押还不要紧，若送到孙传芳的联军司令部，事情就糟了。不料柳亚子等人刚回到上海，这师生两人果真被送到了联军司令部。陈陶遗托人转言，让柳亚子和朱季恂、侯绍裘等人切莫再去南京，孙传芳正设法捕拿他们。

中山陵奠基典礼事件撕开了国民党右派分子的暴力面目，显示出他们反叛革命的勃勃野心。由于当时西山会议派在国民党内还处于少数、孤立的地位，这次事件后，他们也受到了广大正直的左派国民党员和共产党员的强烈谴责，各界舆论和群众也表示出强烈愤慨。但这次事件是国民党右派背叛孙中山三大政策、破坏国共合作的一次尝试，也是他们蓄谋更大的反革命分裂活动的一次预演，这也给国共合作蒙上了一道阴影。

张应春、柳亚子等人回上海的第五天，段祺瑞执政府在北京制造了震惊全国的“三一八”惨案。一周前，冯玉祥的国民军与奉系军阀作战期间，日本军舰掩护奉军军舰驶进天津大沽口，炮击国民军，守军死伤十余名。国民军坚决还击，将日舰驱逐出大沽口。日本竟联合英美等八国向段祺瑞政府发出最后通牒，提出撤除大沽口国防设施的无理要求。3月18日这一天，北京五千多群众集会，要求拒绝八国通牒，抗议日本帝国主义炮击大沽口、提出要我拆除大沽口军事设施等无理要求。段祺瑞不但不支持群众的正义要求，反而下令开枪镇压手无寸铁的爱国群众，当场打死四十七人，伤二百余人。死难烈士中，有北京女子师范大学学生会主席刘和珍和她的同学杨德群。主持集会的中共北方区委领导人李大钊和陈乔年也负伤。这一天后来被鲁迅先生称作“民国以来最黑暗的一天”。

消息传来，沪上群情激愤。江苏省党部的所有同志，全身心投入了如火如荼的抗议浪潮。

张应春认为，在中国革命史上，很少流女子的血。鉴湖女侠秋瑾，牺牲在往昔的反清革命时代。那时的世界革命潮流，远没有现在这么风云激荡；那时的反清斗争只是民族革命的一小部分，还谈不到整个世界革命事业。并且，秋瑾的流血是单独的，而“三一八”惨案中刘和珍等女烈士的流血却是群众的。张应春十分钦佩女烈士们的奋斗勇气和革命精神。她四处奔走，连日开会演讲，组织游行示威，简直足无停趾，口无停沫。

柳亚子于这年年初结束了吴江、上海的两地奔波，留沪主持省党部工作。他一介书生，平时不善料理日常生活，张应春在生活上给予照料，柳亚子则在工作上给予张应春指点和协助。此时斗争紧张激烈，柳亚子竭尽全力协助妇女部工作，一时檄文都出自他的手笔。因而，侯绍裘戏称柳亚子为“妇女部秘书”。

3 月 21 日，江苏省党部妇女部发出了《为段祺瑞惨杀北京市民宣言》。宣言写道：

革命的事业，没有流血，是不会成功的，但是只流男子的血，不流女子的血，还是不够，我们从各国革命史上的成例观察起来，一定要有女子出来奋斗而流血，那革命才得成功……我们亲爱的女同胞，大家起来奋斗吧！踏着女烈士鲜明的血迹，猛勇地前进。我们誓死要从红色的血泊里边，找着光明的途路，建设起光华灿烂的社会来。

同时发出的，还有省党部妇女部致北京市民电，表示在这场反对段祺瑞执政府的斗争中，江苏妇女誓做北京市民的后盾，将斗争进行到底。

深夜，在外演讲、示威、奔波一天的张应春仍然不能入眠，想到“三一八”喋血北京街头的姐妹们，她的泪水长流，心在滴血。她坐在案前，奋笔写道：

烈士们！姐妹们！你们是爱国者，你们是革命者，你们为国民革命而努力，你们为民族解放而奋斗，你们是要打倒帝国主义和军阀的，你们是要唤醒民众的，却何辜遭此惨杀！何罪遭此惨祸！

哀痛呀！烈士们！姐妹们！可恶的伪执政府！他们丧心病狂，竟敢残杀游行示威和请愿的群众，竟敢嗾使卫队开放排枪轰杀了我们的爱国同胞！

烈士们！姐妹们！你们的灵魂已经和自己和骨肉分散了，你们的肉体，已经被国贼惨杀了。你们的血，已全都流尽了。这是何等的凄惨！哀！哀！哀极了！

但是，你们的血不会白流，你们的事迹将流传到不朽。你们的精神，还存在着；你们的革命精神，必将传遍全球！

这篇滴血檄文后来发表在4月8日出版的《吴江妇女》第二期，这期杂志集中发表了悼念北京“三一八”惨案女烈士的文章。在《悼北京为爱国惨死的女烈士》一文中，张应春还写道：

烈士们！姐妹们！你们并没有死，不过加多我们后死者的勇气罢了，不过激动我们的奋斗力罢了。我们当继续加倍地努力，非打倒那卖国的段贼不已。你们在九泉下等待吧！等我们来报仇，等我们来雪恨呀！

你们的精神不死！你们站在前路上看呀！看我们来扫除这叛贼，打倒日本帝国主义，打倒一切的反动军阀和反革命派呀！

文章最后高呼：

女烈士精神不死！

女烈士万岁！

打倒段祺瑞！

打倒日本帝国主义！

在这反对北洋军阀、反对日本帝国主义的血与火的斗争高潮中，作为江苏妇女运动领袖的张应春，犹如一往无前的英勇的海燕，在怒涛滚滚的大海上，翱翔着，呼号着，前进着……

38

正当“三一八”惨案抗议浪潮风起云涌之际，国民党吴江县党部却处于风雨飘摇之中。有人在盛泽镇组织起所谓“孙文主义学会”，邀请南京右派头目前往讲演；又企图组织伪县党部，将吴江县党部纳入西山会议派的轨道。

3月29日，西山会议派在上海召开伪国民党第二次全国代表大会。大会通过了《肃清共产分子案》等决议案。这更助长了吴江右派的气焰。此时，甚至出现了捣乱吴江县党部的严重事件，以致有些学生新党员不敢参加活动。

会议开幕次日，柳亚子即在《中国国民》特刊第一期发表长文《揭破伪代表大会的真相》。文章从政策、纪律和事实三个方面，对西山会议派进行了层层驳斥。文章写道：

在中国国内，除掉我们本党以外，能够真正做革命工作的，当然不是甚么升官发财的研究系、政学系，更不是甚么投机欺骗的国家主义者。老老实实讲，便是举世所视为洪水猛兽的共产主义分子！……本党所需要的，是能够做国民革命工作的人，而共产分子加入本党，其根本的使命就是帮助我们共同去做国民革命的工作，那当然是欢迎之不暇了。

文章最后写道：

由西山会议所产生的伪中央，更由伪中央产生的伪代表大会，他们的见解，他们的主张，当然是火尽薪传，一以贯之的。大家晓得，总理积四十年经验，才苦心孤诣，定下了这三个革命的重大政策，而他们敢于反对他，敢于诬蔑他，更敢于破坏他，只此一点，便足证明他们的反动，证明他们是本党的蟊贼，证明他们是总理的叛徒了。

对吴江县党部的倾覆之险，张应春心急如焚，她与柳亚子等研究决定，4 月 5 日在同里镇召开国民党吴江县第五次代表大会，迎头痛击吴江右派的反动气焰，以鼓舞士气，振作精神，继续坚持斗争。

张应春特意写信给吴江县党部的两位负责人，对于县党部的宣传、妇女、秘书工作的有关事宜提出意见；对于捣乱县党部一事，她主张抓一两个为首的严加审问；有的党员附和西山会议派，她主张拿到证据后立即开除其党籍。

4 月 5 日，国民党吴江县第五次代表大会在同里镇侍御坊（亦称陈家牌楼）如期召开。张应春和柳亚子及应邀前往演讲的侯绍裘、杨之华等道经苏州赴会。

会议开了整整一天，上午是孙中山逝世周年纪念会，下午是第五次全县代表大会，直到夜间十点钟才散。柳亚子任会议主席，他根据自己的切身体会，在会上作了坚持国共合作的演说。侯绍裘的演讲题为《反动派的历史》，对国民党右派的倒行逆施进行了深刻的历史的分析；杨之华的演讲题为《妇女与政治》，回顾了全国各地妇女运动的发展动态，阐述了妇女与大革命的关系；瞿双成的演讲题为《中国妇女与国民党》，呼吁有更多的妇女投身妇女解放运动。张应春一边凝神聆听，一边认真做着记录。杨之华的《妇女与政治》一文，就是经她与张光炜记录整理，刊载在后来的《吴江妇女》第三期。大会通电，坚决反对西山会议派非法召开的第二次伪全国代表大会。

当日会议期间，代表们再次相聚到罗星洲。长期处于紧张斗争生活中的这些革命党人，难得有此闲暇，在这晴空碧水间的绿洲，游览、谈笑、嬉戏，畅畅快快地放松了一下心情。为欢迎杨之华、瞿双成赴会，张应春等十二位女同志集会，并合影留念。

二十余年后，柳亚子在赠杨之华的一首七绝中，留下了“罗星洲畔嬉春日”的诗句。

第二十章 旗帜鲜明倡导妇女解放　不畏强御奋力发出呐喊

39

妇女解放运动作为整个革命事业的一个重要组成部分，对此，张应春有着深刻的认识。她认为，当代妇女解放运动的兴起，是因为自古至今，女子一直生活在黑暗的地狱。而这种畸形生活的根源，就是万恶的旧制度、旧礼教。现在，一部分人觉悟了，起来大声呐喊了，就形成了妇女解放运动浪潮。这是社会潮流变迁、人类思想进步的必然。

关于妇女解放的具体内容，张应春认为，约略举其大纲，就是要求在法律上、经济上、教育上、社会上的种种平等待遇。法律上的平等，指女子应有参政权、选举权与被选举权；经济上的平等，指女子应有财产继承权；教育上的平等，指女子应有受教育权；社会上的平等，指婚姻的自由、工资的平等、职业机关的开放、童工母性的种种保护，等等。

大约在同里之行前后，《新同里》报第九期刊载了一位张女士所撰写的《男女平权的我见》。这篇文章，以维护人格为借口，反对一个女子的离婚行为，从而谈到男女平权应从人格和学识两方面着手，却绝口不谈其他种种方面的解放。这种改良主义的论调，显然是妇女解放运动中的噪音，立即引起了张应春的警觉。她提笔撰写了《读〈男女平权的我见〉以后》一文。

在这篇文章中，张应春再次以文字形式表述了自己对妇女解放运动的上述认识。然后一针见血指出：女子“离婚结婚更应有绝对自由权”，该文作者“非但不来赞成她们的要求，反而反对所谓某女子的行为，而以‘人格’两字为理由。试问人格两字是这（怎）样讲的，离婚就是堕落人格么？不自由就有人格么？”

她还指出，该文作者所说的学识，其实“不过是少数的资产阶级奶奶们小姐们的知识罢了”。

她反问道：“照现在的社会情形，男妇平权这样去着手，能够达到目的么？”

文章结尾，她旗帜鲜明地写道：

> 我们要打破不平等，先要打破一切野蛮的礼教、野蛮的社会制度，而改进出“男女一样的人”的社会来。现在张女士要想在旧礼教旧社会内修改修改，充其量不过做到“女博士式”的新女子罢了，哪里能够达到真正的平等！

这篇《读〈男女平权的我见〉以后》，张应春以笔名“YC”发表在

5 月 8 日出版的《吴江妇女》第三期。

同期《吴江妇女》，还刊载张应春的另一篇短文《邵飘萍夫人之死》。

邵飘萍，浙江省东阳县人。1912 年在杭州与人共同创办并主编《汉民日报》，1918 年，在北京创办了新闻编译社，这是中国第一家由中国人创办的通讯社，同年 10 月，创办《京报》。后来，他又与蔡元培一起，创办了“北京大学新闻学研究会”并举办讲习会，第一期学习的就有毛泽东、罗章龙等。1920 年后，致力于新闻教育事业并赞颂十月革命，介绍马克思主义思想。“三一八”惨案发生后，邵飘萍主办的《京报》连续两天以两个整版的篇幅报道了此次惨案，并持续报道了将近一个多月。他本人则急赴各地采访，还写下大批揭露、驳斥、抗议和警告政府的文字。其中写道：“世界各国不论如何专制暴虐之君王，从未闻有对于徒手民众之请愿外交而开枪死伤数十百人者。若必强指为暴徒乱党，则死伤之数十百人明明皆有姓名学历以考查，政府不能以一手掩众目也。……此项账目，必有清算之一日。”他撰文宣告政府“罪实无可逃”，并严正提出组织“特别法庭”，指名缉拿“执政总理”为首的“政府凶犯”，公开审理“如此故意犯罪凶杀多人之案”，使犯罪者伏法。

4 月 24 日，邵飘萍遭奉系军阀逮捕，26 日凌晨被处以死刑。死前，北京、上海、汉口等十三家报纸代表曾极力设法营救，然而无效。

张应春的这篇短文，从邵飘萍被奉军枪杀以后，他的夫人吞金死于医院的残酷事实谈起，指出：这“都是受的帝国主义和军阀之赐”。进而指出，处于帝国主义和军阀统治重重压迫下的中国妇女“再不要图虚假的、骗人的什么‘安分’”，而“非得要从奋斗里寻出一条出路来不可”。

在此期间，报载福建妇女解放协会在厦门召开成立大会时，当地官厅嗾使武装警察赴会干涉，并封锁会场，拒绝会员与各界人士入场，相持二十余分钟，最后横遭解散。对此，江苏省党部妇女部立即拍发四则通电，分致福建妇女解放协会筹备会、全国各报馆各公团、全国各妇女团体各女校、广州国民党中央党部妇女部。

致福建妇女解放协会筹备会通电说：“妇女解放之急待提倡既为有识者所公认，而人民应有集会结社之自由更属世界公例，乃此等残民军阀卖国官僚敢恃其恶势力嗾警解散，高压女界，剥夺我人权，莫此为甚。敝部素以解放女界提倡女权为目的，除致电全国各报馆各公团及各妇女团体各女学校一致援助外，特电贵会，誓为后盾。务祈贵会不畏强御，继续奋斗，克日重行召集会员开成大会，庶几妇女解放早达目的。临电不胜盼望之至。”

这些通电，都刊载于《吴江妇女》第三期。

在这一期《吴江妇女》上，还刊出了数则征稿启事：

“本刊征求投稿，关于各种事实方面之各种讨论及问题，尤为欢迎。”

“各地妇女团体妇女运动之消息，亦望热心诸君赐寄为盼。”

“本刊特辟通信栏，望研究妇女问题、提倡妇女运动诸君通信讨论，当分别发表或函复。”

在革命斗争的惊涛骇浪中，张应春以《吴江妇女》为阵地，坚持为妇女解放而奋力呐喊。

第二十一章 柳亚子斥责反共逆流 张应春著文纪念五卅

40

1926 年是国共统一战线的“多事之秋”。以蒋介石为首的国民党新右派掀起一波又一波的反共逆流，成为国民党内反对孙中山三大革命政策的主角。

广州，又称羊城。这座秀丽的南国重镇，在大革命时期是国民政府和国民党中央党部所在地，故称粤都，亦称南都。1926 年 4 月底，柳亚子风尘仆仆地前往广州，以中央监察委员身份出席将于 5 月 15 日开幕的国民党二届二中全会。江苏省党部代表侯绍裘与他一起抵达。

中央执行委员朱季恂稍迟到达。他们同住在客尘学旅。

5月1日，柳亚子独自乘坐洋车，赴庆祝“五一”工人群众大会。这时，广州城里一派云飞浪卷的革命景象。国民革命军整装待命，即将出师北伐。全国第三次劳动大会和广东第二次全省农民代表大会，当天都在这里开幕。庆祝大会开得热烈欢腾，柳亚子不懂粤语，亦不认识演讲者，但耳闻目睹会场雷动的掌声、招展的红旗，心目为之爽然。

然而柳亚子心底，却是重重阴霾。1925年8月，廖仲恺在这里被刺遇难。四十天前，这里又发生了震惊海内的中山舰事件。3月18日，黄埔军校驻广州办事处主任欧阳格称“奉蒋校长的命令”，通知海军局代理局长、中共党员李之龙，速派有战斗力的军舰到黄埔听候调遣。当李之龙调中山舰开抵黄埔，立即谣言四起，被说成要劫持蒋介石等等。20日凌晨，蒋介石以“共产党阴谋暴动”为由，在广州卫戍司令部宣布紧急戒严，逮捕李之龙，扣押中山舰，派兵包围省港罢工委员会和苏联顾问办事处，逮捕和监视共产党人。柳亚子在沪初闻其事，未被谣言所惑。他认为“真实情形，恰恰和报纸所载的相反，报上说共产派倒蒋，完全是胡说。但反动派陷害共产派，是确实的”。但对于蒋介石，他认为是中了孙文主义学会分子的离间计，“此次如蒋能彻底觉悟，则反动派要大受打击了。”然而此次亲临广州，耳闻目睹，柳亚子清醒认识到，中山舰事件的主谋就是蒋介石，这是他政治野心的一次大暴露。革命阵营内部，正潜伏着日益深重的巨大危机。

在广州，柳亚子谒朱执信墓、史坚如祠。夕阳斜照时分，他又赴黄花岗，顺着乱草丛生的墓园小道，步履沉重地来到廖仲恺墓前。是的，同所有善良的人们一样，柳亚子亦日夜盼望国民革命军早日出师北伐，可是现在看来，即将就任北伐军总司令的蒋介石却是个王敦式的野心家、阴谋家。有朝一日，羽毛丰满，他会称王称霸，断送革命大业！……哦，这种惊世骇俗的议论，现在除了埋骨在此的廖先生，还有谁能真正理解？墓前，柳亚子久久踯躅，百感交集，情不自禁倾诉满腔幽愤：

乱草斜阳哭墓门，从知人世有烦冤。
风云已尽年时气，涕泪难干袖底痕。
何止成名嗤阮藉，最怜作贼是王敦。
匹夫横议谁能谅，地下应招未死魂。

5月8日，朱季恂抵达广州。江苏旅粤同乡设宴欢迎柳亚子一行，并摄影留念。宴席上，柳亚子始识郭沫若。郭氏并非江苏人，亦被邀饮宴。这年3月，郭沫若应广州中山大学之聘，任文学院院长。柳亚子此时跟这位创造社健将相识，从此开始了他们长达三十余年的交游。

为了挽救逆转的时局，柳亚子毅然和朱季恂、侯绍裘一起面见蒋介石。会晤中，柳亚子先用商议的口吻，提出了一些有关政局的意见。蒋介石不以为然，柳亚子便和朱季恂、侯绍裘“很不客气地教训了他一顿”。

柳亚子责问蒋介石：“到底是总理的信徒，还是总理的叛徒？如果是总理的信徒，就应当切实地执行三大政策！”

蒋介石狡辩道：“政策和主义不同，主义亘古不变，政策不妨变通一下。”

柳亚子愤而驳斥：“你不懂得政策和政略的分别。政略可以随时变换的，政策就不应该轻易放弃。就以政略而论，必须环境变化，才有变通的必要。总理生前，为了反帝反封建反买办资产阶级，所以定下了伟大的三大政策。现在，帝国主义鸱张犹昔，北洋军阀虎负如前，而买办资产阶级，以广州而论，就曾挑起了商团之变。这些都是事实胜于雄辩，难道你身负党国重任，还能瞠目不睹吗？”

受此斥责，蒋介石面红耳赤，默不作声。柳亚子等拂衣而去。

是时，柳亚子断定，蒋介石一定要做陈炯明第二，而且乱子一定闹得比陈炯明更大。回到客尘学旅，柳亚子和朱季恂、侯绍裘便分头活动，却毫无办法。当夜，柳亚子独自拜访恽代英。

恽代英在国民党二大当选中央执行委员，留驻广州。这个月刚刚担任黄埔军校政治主任教官，兼军校中共党团书记，并在广州农民运动讲习所任教。

在恽代英寓所，柳亚子将他跟蒋介石会晤的情况陈说一番，随即建议采用紧急手段，派人谋刺蒋介石。

恽代英开初笑而不答，追问之下，他表示不能赞同。恽代英道："北伐大业未成，我们还需要留着他打仗呢！"

柳亚子坦陈己见："北伐为的是什么，不是目的在求中国之自由平等吗？倘然让这种总理的叛徒去统一中国，结果一定比北洋军阀还要糟糕。所以，照我的主张，就非立刻出重赏求勇夫，把这个王八蛋打死了再讲。不然，将来的后果，我就不忍再言了。"

恽代英被柳亚子的坦诚感动，但说此事关系重大，他不能擅自做主。他说："我们再好好地考虑一下吧！"

此时，柳亚子再也沉不住气了，他站起身来拉住了恽代英的手，正色说道："吾谋适不用，勿谓秦无人。……你今天不赞成杀蒋介石，怕蒋介石将来会杀你呢！"说罢，柳亚子泫然泪下。彼此惨然而别。

不幸而言中，五年后恽代英被蒋介石杀害于南京。柳亚子写有悼诗："百粤重逢日，轩然起大波。我谋嗟不用，君意定如何？矢日盟犹在，回天事已讹。苍茫挥手别，生死两蹉跎。"自注："余在广州，曾建议为非常可骇之事，君不能用。"

就在这时，柳亚子和毛泽东首次会晤。

1924 年初，毛泽东参与中国共产党帮助孙中山改组国民党的活动，在国民党一大、二大当选中央候补执行委员。1926 年初，担任国民党中央宣传部代理部长，兼任中央农民运动委员会委员。5 月初，由毛泽东任所长的第六届广州农民运动讲习所开学。

柳亚子和毛泽东，会晤于珠江畔一座古色古香的茶楼。

论年龄，柳亚子比毛泽东年长六岁。是时，毛泽东不过三十出头，柳亚子则已近不惑之年。他俩一见如故，品茗叙谈，纵论国事。在坚持国共合作，反对国民党右派等方面，柳亚子和共产党人有不少共同语言。交谈中，柳亚子对毛泽东的胸襟和才学深为折服。柳亚子再次提出倒蒋建议，毛泽东却和恽代英一样说法，而且认为这样会损害国共合作。

对于广州这首次会晤，柳亚子和毛泽东均留下了难以磨灭的深刻印象，从此开始了他们长达二十余年蜚声海内的“诗交”。1945 年两人在重庆二次会晤，柳亚子赋赠七律一首，首句即云：“阔别羊城十九秋”。1949 年再度重逢于北平，柳亚子有句：“珠江粤海惊初见”。毛泽东亦有句：“饮茶粤海未能忘”。

5 月 15 日，国民党二届二中全会开幕。蒋介石主持会议，提出了“整理党务案”。

“整理党务案”规定：加入国民党的共产党员在国民党中央和省、特别市党部任执行委员总数不得超过三分之一，不得担任国民党中央机关的部长；加入国民党的共产党员名单交国民党中央执行委员会主席保存；共产国际和中国共产党对加入国民党的共产党员的指示，须先交两党联席会议讨论。

对于这一限制共产党活动的提案，出席这次全会的中共党团内部争论激烈。毛泽东主张坚决顶住，但张国焘作为中共中央代表，按照事前同陈独秀商定的让步方针，强迫大家接受。

5 月 17 日，二届二中全会通过了“整理党务案”。柳亚子同何香凝、彭泽民，一位是国民党中央妇女部长，一位是海外部长，当场奋起抗议。对此，柳亚子后来作了如下记述：

记得 1926 年 5 月，我去广州出席二中全会，有人提出“整理党务案”，破坏孙总理三大政策，在会场中劫于恶势力，居然通过了。廖夫人起来反对，当然无效，她慷慨激昂地讲了许多话，连顿其足。我是义愤填膺，几乎刺激到失去知觉的程度，半个字也讲不出来，只有连连拍掌，赞成廖夫人的讲话，以出我心头之气。彭先生呢，他当场也气得手足发抖，不能发言，到散会以后，对着总理的遗像，伤心地大哭起来。这样一来，廖夫人顿足，柳亚子拍掌，彭泽民痛哭，传为二中全会的痛史……

面对此情此景，会场在座的毛泽东深为感佩。邓颖超后来回忆："当会议上举手表决时，何香凝和柳亚子先生未举手，有勇气进行反对这一决议案。对这件事，毛泽东同志后来常常提起他们两位坚决的革命性，是真正忠于孙中山先生的国民党左派，硬骨头。"

柳亚子为此激怒地公开骂蒋介石是"新军阀"。

次日，柳亚子毅然拒绝与会，以示抗议。他从客尘学旅移居陈去病女儿陈馨丽家。稍后，不待大会闭幕，便托词得家电以母病促归，愤然拂袖北返。对此，蒋介石震怒异常，准备下令通缉，幸被一些国民党元老劝阻。这是柳亚子与蒋介石此后二十余年长期斗争的开端。

回到上海，柳亚子连续两天与时任中共中央总书记的陈独秀谈判，要求加入中国共产党。他说：要我革命，就允许我加入CP（共产党英文缩写），否则我回吴江隐居了。并建议反击蒋介石。这是柳亚子在时局逆转和中共遇到危难的时刻做出的重大抉择。关于加入中共，陈独秀坚决不同意，认为柳亚子留在国民党内作用更大；陈独秀亦不同意反蒋建议。于是，柳亚子满腹郁闷，匆匆返回吴江故里。

二届二中全会结束，按照"整理党务案"规定，担任国民党中央部长的共产党员，包括组织部长谭平山、代理宣传部长毛泽东、农民部长林伯渠，和中央党部秘书杨匏安等被全部撤换，改由叶楚伧任中央党部秘书长，顾孟余任宣传部长，邵元冲任青年部长，甘乃光任农民部长，蒋介石任组织部长、军人部长和军事委员会主席。二中全会上新设立的国民党中央常务委员会主席一职，原定由蒋介石担任，后由张静江代理。谭延闿代理国民党中央政治会议主席和国民政府主席。如此，国民党的党、政、军大权，实际上都落入了蒋介石手中。

柳亚子回到黎里，情绪低落，杜门不出。自云：“知天下事未可为，始浩然有退志。”

他致信姜长林，说：“我身体果然不好，但精神上更苦痛。”

还写道：“我们已前功尽弃了。从前总希望北伐成功，但就现在局面而论，即使北伐成功，也还有问题。我以为蒋介石至多能做克伦斯基，而绝不是列宁……我始终不相信蒋是一个为党的利益而革命的人，他要北伐，只是扩张他自己的势力，满足他自己的欲望而已。”

然而，大革命的风风雨雨日夜叩震着磨剑室静静的窗扉，又怎能不令柳亚子梦萦魂绕？他自此不到省党部任事，但依然密切注视着变幻的时局，关心着省党部的工作。

二届二中全会结束以后，朱季恂被留广州任国民政府参事，侯绍裘亦留在中央党部，柳亚子在吴江黎里老家。一时间，江苏省党部群龙无首。在“整理党务案”通过以后，右派频频攻击江苏省党部，并扬言将以中共党员超过三分之一为由派人前往接管。省党部一时处于风雨飘摇的困境。

6 月 7 日，省党部中的右派委员陈去病、秦效鲁、范雪冰等，气势汹汹地赶到南永吉里来，要省党部秘书长姜长林交出印章、文件。当时，姜长林一面尽量拖延时间，一面迅速向上海区委作了汇报，并根据瞿秋白的指示，将党部的各种重要文件、表册、图章等转移到西门路（今自忠路）163 弄三益里的邵力子家中。然后，姜长林回去把省党部机关弄成乱糟糟的样子，推托是巡捕房搜查的结果，粉碎了国民党右派接管的阴谋。

41

在这严峻的考验面前，张应春屹然不动。她和刘重民、黄竞西、戴盆天、张曙时、姜长林等坚守阵地，继续战斗。他们发电抗议西山会议派的邵元冲任青年部长、叶楚伧任中央党部秘书长；接受国民党中央监察委员会委托，调查西山会议派在上海伪中央的情况。同时，按中共党员占三分之一的退守方案调整执监委人选，并向广州国民党中央提出，请侯绍裘返沪主持省党部工作。

在此期间，张应春曾受中共上海（江浙）区委指示，赴南京、徐州、苏州指导党的工作。《吴江妇女》第四期则于6月8日正常出版。这一期，集中纪念五卅惨案。首篇，就是张应春的《我们应该怎样纪念“五卅”》。这篇文章回顾了五卅惨案以来一年间的时局，说：“这一年中，帝国主义者直接地间接地，时时刻刻在压迫我民族，摧残我爱国运动，屠杀我爱国同胞，分散我抵抗势力，解散我反抗力量。……而我中华民族，竟有那些贪财的官僚和残害百姓的军阀，受他们的嗾使，自相残杀……”

接着，她指出：

我们今年的纪念“五卅”，非特追悼已死的诸烈士，同时要唤醒全国的民众，来打倒卖国残民的军阀；非特要打倒卖国残民的军阀，并且要联合各阶级，向帝国主义进攻……

表面上，中国是独立的国家，但实际上因历年来外交的失败，中国已无独立的主权。所谓独立国家，至少必有两个要素：就是土地的完整，主权的不可侵犯。但中国领土的被割裂，政治、司法、财政、主权的被侵害，却是无可讳饰的。租界便是一个明显的例证。因为租界在条约上是中国的领土，而实则上中国政府已完全丧失了统治的权力。在租界未收回，一切不平等条约未废除以前，我国决不能称为真正的独立国家，而是处于半殖民地的地位。

文章最后写道：

姐妹们！我们要明白，我们的得到解放，非赖国民革命成功不得解放的，因为社会制度不改革，宗法思想永不能打破，而重男轻女的现象永久存在的，所以我们纪念“五卅”，即所以要参加民族解放运动，实际也就要求国民革命的成功……姐妹们！快快热烈地来纪念“五卅”，参加这革命的阵线，才不负已死的诸烈士，和中国的大耻辱，不负我们纪念“五卅”的原因。姐妹们！起来！团结起来！来来来！大家来纪念革命的“五卅”啊！

这一期发表的，还有柳亚子化名“YT”的《革命和妇女》、高尔松的《妇女与政治》。省党部妇女部的《“五卅”周年纪念宣言》、上海各界妇女联合会的《“五卅”纪念日告同胞书》亦在同期刊出。

第二十二章 顽强斗争迎接北伐 三封急电召唤赴宁

42

1926年7月，北伐战争在“打倒列强、除军阀”的雄壮口号中开始。北伐战争是国共两党共同进行的革命战争，目的是推翻帝国主义支持的北洋军阀的反动统治，实现中华民族的独立、民主、自由和统一。这是中国革命先行者孙中山多年的愿望，也是全国人民的共同要求。

国民革命军从广州出师北伐后，在全国人民的热烈支援下，短短三个月，就以秋风扫落叶之势，击败曾经不可一世的吴佩孚，攻占湖南、湖北两省。10月，广州国民政府发表讨伐孙传芳宣言。国民革命军随即攻占南昌，孙传芳主力被歼。北伐战争的铁流以雷霆万钧之势，在烽火硝烟中沿长江滚滚东下，隶清长江下游敌人，彻底消灭孙传芳部。

侯绍裘于1926年6月底受命返回上海，担任江苏省党部中共党团书记，并主持省党部工作。他与张应春等一起，在这黎明前最黑暗的时刻，以顽强的战斗迎接北伐胜利的曙光。

1926年秋，北伐战争的胜利消息不断传到上海。当北伐军的前锋抵达长江流域，帝国主义和盘踞在上海的反动军阀惶恐不安，上海的工人阶级和人民群众则从北伐军的胜利和敌人的恐慌中，看到了上海的光明和希望。

1926年9月，中共上海区委发布了一份《告上海市民书》，指出：帝国主义的仆人，卖国的军阀、官僚和大买办阶级，是百万市民的死敌，摆在上海人民面前只有两条路，“一条路是受压迫而死，另一条路是起来反抗而生。前一条路是死路，也是亡国之路，后一条路是生路，也就是谋中国民族独立到自由解放之路”。这份《告上海市民书》拉开了上海工人武装起义的序幕。

从1926年10月至1927年3月中旬，在中国共产党的领导下，上海工人阶级先后举行三次武装起义，把大革命推向了巅峰。侯绍裘、张应春在党的统战工作岗位上，积极配合和参加了武装起义斗争，并投入创建新政府的组织工作。

此时，江苏乃至全国的妇女运动蓬勃发展。南京各界妇女联合会紧锣密鼓积极筹备，广东妇女解放协会和南通妇女运动社正式宣告成立，上海各界妇女联合会进而发起全国妇女团体代表大会。

在此期间，张应春一面领导更为激烈的实际斗争，一面坚持主编《吴江妇女》。该刊第五期大约于7月初编出，其中有省党部妇女部《反对军阀摧残女权宣言》《中国国民党第二次全国代表大会妇女运动决议案》等，与胜利进展的北伐战争作鼓桴之应。

9 月上旬，柳亚子为送儿子无忌上清华学堂就学，偕夫人郑佩宜从黎里来到上海，住福州路上的振华旅馆。他惦记省党部诸同志，曾前往看望张应春和同志们。

一日，张应春在南京路参加示威游行，被军警追捕。危急之际，她灵机一动，匆忙跑到福州路，避入柳亚子夫妇的旅馆居室。她饿得发慌，找到一些饭菜便大口大口吃了起来，尔后又到浴室间洗了个澡作为休息，重又精神抖擞地出门奔波。

第二天，风大雨稠，柳亚子夫妇自沪经嘉兴重归故里。张应春顶风冒雨前往沪杭路南站送行，她话语絮絮匆尽。直到列车开动，柳亚子还远远地望见她头戴男帽，身穿碧色雨衣，在滂沱大雨中频频挥动着扬起的手绢。

10 月，柳亚子因孙传芳指名查捕，重到上海，化名唐隐芝，匿居法租界贝勒路（今黄陂路）恒庆里，全力从事《苏曼殊全集》的编纂工作。此时，柳亚子因决心隐退，未曾告知张应春和省党部的其他同志。谁知，张应春四出寻访踪迹，直至揭诸报端。柳亚子始终保持沉默，但时时从旁人处探询、关心着张应春的情况。

截至次年 4 月，江苏各地先后建立了南京、南通、丹阳、武进、金坛、镇江、宜兴、吴江、无锡、句容等二十三个国民党市、县党部妇女部，成立了南京、苏州、丹阳等市、县各界妇女联合会、南通妇女运动社、无锡妇女解放协会，以及镇江、宜兴、常熟妇女协会。由于张应春的奋发推动，江苏省妇女运动走向了一个蓬蓬勃勃的新高潮。

1926 年下半年，张应春被推选为中共江浙区委妇女运动委员会委员、济难会委员。

43

国民革命军浩浩荡荡沿长江东下，可谓所向披靡。1927 年 2 月 17 日占领杭州，18 日占领嘉兴，28 日由浙江抵达黎里，驻扎镇西宁绍会馆。

岁暮时节，张应春因长时间繁重的工作，积劳成疾，被迫回家治疗休养，暂留家乡从事革命工作。国民革命军进驻黎里后，镇上举行了盛大的军民联欢会。张应春在会上慷慨演说，欢迎北伐军的到来，欢呼北伐战争的胜利，并要求清除混入革命队伍的不良分子。

3月22日，上海工人第三次武装起义胜利。在新舞台召开的第二次市民代表会议上，上海临时市政府宣告成立。经过复选，产生了上海特别市市民政府委员十九名，其中共产党员占一半以上，侯绍裘、罗亦农、汪寿华等都当选为市政府委员。第二天，国民革命军进驻上海市区。消息传来，张应春格外欢欣鼓舞。

然而，就在北伐战争节节胜利之际，位居国民革命军总司令的蒋介石，叛迹日渐昭著。他指使其党羽镇压革命群众，逮捕并枪杀共产党人，举起了血淋淋的屠刀一路杀来。3月26日下午，蒋介石乘轮船到达上海。蒋介石自从南昌出发，一路走，一路杀，经九江、安庆，先后收买流氓捣毁了设在这些地方的省、市两级工会、农会和坚持三大政策的国民党党部，已不加掩饰地暴露其反共独裁的真面目。已经决心反共的蒋介石，当然不会容忍上海人民自己建立的政权。一场革命派与反革命派的殊死较量已经迫在眉睫。

在这个关键时刻，侯绍裘与上海市党部杨贤江、林钧、丁晓先等在中共上海区委的领导下，与国民党右派进行了坚决的斗争。3月27日，上海特别市党部召开纪念孙中山逝世两周年大会，参加纪念大会的各界人士和群众达三十万人。会议中间，市总工会代表当着全市民众，责问蒋介石的心腹、北伐军东路军总指挥白崇禧对工人纠察队和临时市政府的态度。白崇禧在愤怒的群众面前，仍然耍两面派的伎俩，实际上是不支持、不承认。白崇禧的右派态度引起广大民众的强烈不满。

在主席台上的侯绍裘、杨贤江等决定公开反击国民党右派，动员和教育上海民众。侯绍裘代表江苏省党部，指出："向为帝国主义者及军阀压迫之上海，已由革命的民众与武装的工人之联合，将军阀势力消除，建立市民政府，上海已为民众所有。革命的民众与革命的军队应立即联合起来，打倒帝国主义。”

参加大会的广大工人、学生、市民群情激奋，高呼口号：

“打倒军阀！”

“打倒帝国主义！”

“打倒西山会议派及一切反动派！”

“政权归革命民众！”

“农工商学兵大联合！”

这次大会充分表达了上海人民的要求，也是对蒋介石、白崇禧等国民党右派的示威。

在临时市政府得到武汉国民政府批准承认后，3月29日，上海市党部召开全市市民代表大会，举行临时市政府委员就职典礼。这时，蒋介石亲自出马，以国民革命军总司令的身份致函临时市政府，要市政府“暂缓办公”。在大会主席杨贤江的主持下，侯绍裘、罗亦农、汪寿华等团结国民党左派，冲破阻挠，宣誓就职。

形势极为严酷。根据党的指示，侯绍裘率领江苏省党部部分人员迁往南京，4月2日全部抵达，和国民党南京市党部在安徽公学一起办公。

在这前后，张应春在黎里家中接连收到侯绍裘三封急电，要她速往南京赴职。张应春意识到一场革命派与反革命派争夺全省革命阵地的决战已经到来，哪怕赴汤蹈火也要投入战斗。她不顾身体尚未完全康复，毅然决定前往。

4月7日，张应春打点行李，告别恋恋不舍的家人，准备先到上海，再转赴南京。临行，父母把她送到街边，年仅十一二岁的小妹留春一直把她送到码头船埠，小手拉着姐姐的手久久不愿松开。留春知道南京比上海离家还要远，便问大姐去南京做什么，什么时候回来。她笑着答道：“小妹，大姐就会回来的。”

国民革命军占领吴江后，避居上海的柳亚子思乡心切。他急欲一睹家乡情状，于4月中旬转道杭州返回黎里，才知张应春刚刚远赴南京。这时，蒋介石在上海发动了“四一二”反革命政变，大肆捕杀革命志士，白色恐怖弥漫东南各省。对于张应春的境遇，柳亚子心急如焚，正想飞书促归，他自己于5月8日深夜被蒋介石派往黎里的军警入室搜捕，藏身复壁方才脱险，一周后匆匆亡命东渡日本。

张应春凶吉未卜，柳亚子在日本时时悬念。

第二十三章
蒋介石悍然清党狠下毒手　张应春殉难南京血染秦淮

44

南京，这座六朝古都，此时阴云密布，杀机四伏。以蒋介石为首的国民党右翼集团磨刀霍霍，形势十分紧张。

南京曾一度是西山会议派的大本营，又是封建军阀、官僚政客聚集之地，反动势力很是嚣张。1927年3月10日，当蒋介石还在南昌时，就自行指定了主要由国民党右派组成的江苏省军事、政务两个“委员会”和“主席团”名单，表现出了控制东南，想在南京建立反动基地的企图。

3 月 24 日，北伐军江右军（国民革命军第二军、第六军）从安徽东进，占领南京。当晚，美、英帝国主义借口侨民和领事馆受到“暴民侵害”，下令停泊在下关江面的军舰炮轰南京，造成革命军民死伤两千余人，制造了震惊中外的“南京惨案”。这既是帝国主义对中国革命的直接干涉和破坏，也是对蒋介石叛变革命的召唤。25 日，蒋介石委派总司令部特务处处长杨虎为江苏特派员，副处长温建刚为南京市公安局长。杨、温一到南京，就搜罗西山会议派分子及青红帮打手，公开组织伪南京党部、伪劳工总会，同国民党南京市党部、市总工会等对抗。

对南京问题的严重性，中共上海（江浙）区委早有预料，并做过多次研究。区委书记罗亦农曾明确指出，北伐军打到江浙，右派势力将移植到东南，蒋介石必到南京，南京将成为反革命的重地。1927 年 2 月 16 日，中共上海区委会议专门研究了党的南京工作。区委强调，必须全盘地考虑南京的工作，加强对南京工作的领导，并特别指出，只要北伐军一来，江苏省党部即须迁去。3 月 10 日，北伐军已接近南京，在区委召开的党团书记会上，罗亦农直接提出，江苏省党部要预备搬到南京，赶快把本省的左派拉起来。侯绍裘在会上谈了省党部的打算：北伐军到苏州，省党部即迁到苏州；到南京，即迁到南京。

3 月底，蒋介石加紧了反革命的步伐。他首先调嫡系部队第一军进驻南京。接着，策划把南京的左派军队第二军和第六军调走，这两个军的主要政治领导者都是共产党人。第二军的政治部主任为李富春，第六军的政治部主任为林祖涵。两个军中共产党员、青年团员和国民党左派人士也较多。周恩来于 3 月 30 日在上海（江浙）区委特委会议上尖锐指出，蒋介石有四个目标：CP、工会、工人武装、左派。南京的第六军无论如何要拉住，否则南京很危险。他又明确提出：现在南京很重要，省党部要赶快迁去。

这时，南京的第二军政治部主任李富春已向武汉国民政府报告了蒋介石要在南京组织其一手操纵的军政机关，南京市党部已为反动派所把持等情况。武汉国民政府根据吴玉章、林祖涵的提议，立即做出决定：任命程潜、何应钦、鲁涤平、钮永建、柳亚子、李富春、侯绍裘、张曙时、李隆建、江董琴、顾顺章为江苏省政务委员，负责筹建江苏省政府，并根据南京市党部的反动情形，决定交江苏省党部查办。上海区委关于加强党对江苏和南京工作的重任，直接落在了侯绍裘等人身上。

3 月 29 日夜，侯绍裘率领江苏省党部部分工作人员离开上海。一路上，苏州、无锡、常州成千上万的国民党左派人士和广大群众，手执彩旗、标语，在火车站月台欢送他们。他们沿途稍作停留，于 4 月 2 日抵达南京。

省党部抵达南京下关时，有四五万群众在车站热烈欢迎，并举行声势浩大的庆祝游行。沿途鞭炮声震耳欲聋，“打倒帝国主义！”“打倒军阀！”“拥护总理的三大政策！”等口号声此起彼伏；“打倒列强！除军阀！国民革命成功……”的雄壮歌声，响彻云霄。

省党部到达南京后，和南京市党部一起在中正街（现白下路）安徽公学办公。省党部在进门的左首，市党部在进门的右首，进出同走一个大门。中间有楼房四间，为省党部工作人员宿舍。为了应付复杂局面，他们在旅馆里还租了房间。

侯绍裘等人赴宁后，立即取得了国民革命军第二军和第六军的支持，通过江右军第六军政治部，首先封闭了蒋介石在背后一手支持的南京市伪市党部和劳工总会。在省、市党部公开出面领导和江右军政治部的有力支持下，南京总工会、商民协会、教育协会、学生会、农民协会等革命团体积极开展了各项革命活动。

4 月 5 日，省、市党部在金陵大学礼堂联合召开了南京市国民党员大会，何应钦报告军事后，侯绍裘报告政治与党务，中共南京地委委员、国民党南京市党部常委刘少猷报告了南京党务，张曙时报告了在武汉召开的国民党二届三中全会经过。国民党二届三中全会强调了要防止和反对蒋介石的独裁，免除了蒋介石的国民党中央常务主席、军委主席、组织部长等职。根据全会精神，国民党南京市党员大会通过了拥护总理三大政策、拥护武汉国民党中央决议案、促成中央所任命的江苏省政府建立等二十一个决议案，并通过了赞助上海市政府等电报。这些决议和电报的通过，表明反蒋反独裁的立场起到了团结国民党左派、动员国民党党员及南京人民反对右派的作用。

当时，筹建江苏省政府是侯绍裘等共产党人的一项重要工作。侯绍裘同李富春等共产党人一起，认真听取各方面的意见，注意同党外人士合作。4 月 5 日，江苏省政务委员会举行会议，出席的有李富春、李隆建、侯绍裘、高尔柏、张曙时、戴盆天等。会上，通过了李富春的提议，建立省政府筹备委员会，推选李富春、李隆建、张曙时与侯绍裘四人为筹备委员，张曙时为秘书主任。经过筹备委员连日多次协商，江苏省政务委员会就江苏省政府的成立问题做出决议：于 4 月 11 日召开成立大会；省政府及所属各厅人选为：主席程潜；委员李富春（第二军政治部主任）、林祖涵（第六军政治部主任）、侯绍裘（兼建设厅厅长）、张曙时（兼民政厅厅长）、柳亚子（兼教育厅厅长）、戴盆天（兼农业厅厅长）、高尔柏（兼省政府秘书长）。

经过艰苦而有效的工作，南京革命团体活跃，群众情绪高涨，人民革命运动蓬勃发展，省政府的成立已指日可待。然而，蒋介石在得到帝国主义列强和江浙大资产阶级在经济、政治上的支持后，也大大加快了反革命的步伐，正在酝酿一个巨大的“清党”阴谋。

早在 4 月 1 日，国民党右派吴稚晖已在国民党中央监察委员会议上提案“惩办共产分子”。接着，蒋介石、李宗仁、白崇禧、张静江、吴稚晖等人，在上海多次举行秘密会议，决定用暴力手段实行“清党”，准备对中国共产党发动突然袭击。

南京方面，蒋介石所指派的公安局长温建刚紧急往返于沪宁线上，忙着接受蒋介石的反革命指令，并与杨虎等一伙人继续大肆网罗流氓打手。津浦铁路运输特务总队队长、流氓组织头子陈葆元也从汉口奉调来南京。已被解散的伪市党部和劳工总会的一些头目，暗中重新集合，秘密召开会议，策划配合行动。他们商定："等蒋介石一到南京，就实行反攻。"

正当以蒋介石为首的国民党右派加紧准备发动反革命政变的时候，中共中央已有所察觉，力图巩固革命成果。但共产国际仍对蒋介石抱有期望，不赞成同蒋破裂。这样，由中共中央总书记陈独秀出面，与国民党中央常委汪精卫于4月5日在上海发表了《汪精卫、陈独秀联合宣言》，要国共两党同志不要听信"国民党领袖将驱逐共产党，将压迫工会与工人纠察队"的谣言，应"事事开诚商协进行"，"如兄弟般亲密"。该宣言的发表，更使许多人误以为局势已经缓和下来。

4月6日，蒋介石用釜底抽薪的办法，以革命军总司令的名义，借口继续北伐，下令驻南京国民革命军第二军、第六军从南京调往江北开赴徐州。7日，在蒋介石连续三道电令的催促下，第二军、第六军被迫开始离开南京。第二军、第六军一旦调走，南京就将完全为蒋介石的嫡系部队所控制，南京人民就完全丧失革命武力的依靠，后果将不堪设想。侯绍裘立刻以省、市党部的名义，致电在武汉的江右军总指挥程潜，电恳"暂缓开拔"。电文说："……近数日来，频传贵军讲开拔离宁，一般反动派闻之均喜形于色，跃跃欲试；本党同志即革命民众反惶惑不安，若将失其保障者。……但后方尚未巩固，遽尔离去，予反动派以可乘之机，……故代表南京五千同志要求江右军暂缓开拔，免滋事变，幸垂鉴焉。"

傍晚，侯绍裘和高尔柏在街头看到一列列的队伍往城北开走，他们预感到问题的极端严重性。那天夜晚，侯绍裘在省党部房间里，心情沉重地来回踱步，思考着日趋恶化的局势和中央最近的政策，他焦灼地希望中央能赶快挽救危局。考虑再三，他决定派刘重民去武汉与中央联系。可是，蒋介石早已派人控制了水上交通，江防已封，刘重民无法成行。

4月8日，右派势力露出狰狞的面目。温建刚以南京市公安局长的名义发出通告，严厉规定："凡召集大会或集众会议，务先行文通知本局”，如“竟自纠众开会，定予取缔”。这是反动派企图镇压人民革命的反动信号。

当天晚上，原定蒋介石抵宁，省党部于第一春酒家设宴欢迎汪精卫回国复职和蒋介石莅宁，后因蒋介石半途逗留未到，由温建刚代表出席。席间，温建刚又语露杀气，扬言如有“违反三民主义”及“妨碍工作者”，则“权力所及，必予扫除”。

侯绍裘当众予以驳斥。见温建刚浑身浓香扑鼻，一副腐化堕落的模样，侯绍裘质问道：“革命军人生活严肃，你香气扑鼻，试问如何革命？”问得温建刚面红耳赤，无以对答。

深夜，侯绍裘召集省党部常务执行委员和监察委员开紧急会议，表示大家要做好准备，防止蒋介石的突然袭击。这时第六军尚未撤完。由于张曙时和第六军负责人较熟悉，决定派他与军方联系，争取革命军队的最后支持。为了预防万一，省党部通知所属各部将重要文件、密电迅速整理，转移到安全地方去保存。省党部一般工作人员和女同志都到外面旅馆住宿，以免发生意外。当同志们要侯绍裘自己先行回避，并租个旅馆安置家属及行李时，他立刻说，家属不会有危险，“我是负责人，不能随便行动。损失行李没什么，生命也准备着哩！”他只想着大局，心思完全扑在革命事业和同志们身上。

4 月 9 日，第二军全部开拔完毕。就在这一天上午十一时许，蒋介石抵达南京。此时的南京，已是山雨欲来风满楼。

当天下午，侯绍裘、刘重民按原定计划出席南京市欢迎汪、蒋大会。就在这时，蒋介石的心腹杨虎、温建刚指派陈葆元等率领流氓一二百人，打着“劳工总会”的旗号，手持铁棒、木棍、手枪和绳索，闯入省、市党部，正在办公室的省、市党部各部门负责人黄竞西、戴盆天、高尔柏和郜一谷、陶恒芬等，以及工作人员三十余人，都被暴徒用绳索捆绑起来，推上汽车，押解关进南京市公安局的院子里。张曙时在省党部后面房间，闻声及时隐藏起来，暴徒走后，立即准备控告，又被返回的暴徒扭走。当天，在夫子庙的南京市总工会也被捣毁。

形势急转直下。省党部被捣毁前，侯绍裘与张曙时曾去过第六军政治部商谈安定南京的形势，政治部李世璋已知侯绍裘等处境危险，劝他们留在政治部不要再走，但侯绍裘表示：重任在肩，责无旁贷，坚持要回省党部。省、市党部被捣毁后，侯绍裘临危不惧，他叮嘱将回上海的高尔松一到上海，马上发一个江苏省党部的通电，说明党部被毁经过，严厉揭露蒋介石的反动面目；自己则坚毅地四处奔走，设法紧急营救被捕的同志，并迅速组织力量，准备反击敌人。

当晚，侯绍裘主持召开了南京各革命团体紧急会议，决定第二天上午开群众大会和去蒋介石司令部请愿示威。

4 月 10 日上午九时，江苏省党部召开了“南京市民肃清反革命派大会”，到会群众约十万人。会议由刘少猷主持，侯绍裘代表省党部愤怒谴责蒋介石唆使流氓打手捣毁省、市党部，拘捕两个党部负责人的反革命罪行，强烈要求惩办肇事者，保护集会自由，保护工人运动，恢复省、市党部，保证今后不再发生类似事件。南京市党部和总工会代表也发了言。最后，会议一致决定，到总司令部向蒋介石请愿。要求：“（一）恢复省、市党部和总工会；（二）将反动分子交人民审判委员会审判；（三）查办温建刚主持的公安局；（四）武装工人纠察队；（五）省、市党部组织自卫队；（六）释放张曙时等同志；（七）封闭劳工总会。”

上午十一时，请愿群众到达总司令部门前，派刘重民等六人为代表，去向蒋介石交涉。至下午一时，尚无明确答复。至三时，又派第二批代表进去谈判。四时，仍无答复，又推派第三批。约五时许，还不见答复，也不见代表出来。待推派第四批代表时，蒋介石不准进见。群众齐声喊着让代表出来报告交涉经过，蒋介石只得答应。刘重民出来报告说：蒋介石诡称保护省、市党部当然不成问题，但其他各项都无确切答复；尤其是第七项，蒋介石说无论如何办不到，因为组织劳工总会皆是“民意”，无所谓真假。群众听了十分愤慨，纷纷表示：不达目的，誓不离开总司令部。此刻，蒋介石终于撕下伪善的面目。下午五时左右，公安局长温建刚等人带着早已准备好的数百名流氓打手，打着“劳工总会”的旗帜，持武器从西辕门冲进群众队伍乱打，当即打死请愿者数十人，伤者无数，血肉横飞，惨不忍睹。群众被迫纷纷挤向东辕门，推倒了大段围墙奔了出来，请愿队伍被打散。

晚上八九点钟，侯绍裘与刘重民、林剑城等得知张曙时白天在押解途中已机智脱险，先后来到张曙时的临时住处。这时其他被捕同志也已放出或逃出，全部脱险。侯绍裘提出，现在形势十分危险，我们的工作必须由公开转入秘密。张曙时决定第二天与第六军政治部的同志一起骑马转去武汉，向国民党中央和国民政府控告。最后，大家决定省党部工作人员暂回上海坚持斗争；派遣林剑城去沪宁沿线与各县党部联络，要他们提高警惕，以防万一。

当晚，侯绍裘与刘重民两人还要去参加中共的重要会议。四人分手时，张曙时提醒侯绍裘开会要多设警卫，注意安全，谨防反动派下毒手。侯绍裘则叮嘱张曙时，“你不要出去了，外面认识你的人多。我们明天一早再来商议。”

1927 年 4 月 10 日晚上十一时，江苏省党部、南京市党部、市总工会等各革命团体的共产党主要负责干部，在大纱帽巷 10 号召开党内紧急会议，商量应变措施及反蒋宣传等问题。不幸，会议为南京市公安局侦缉队获悉。凌晨二时，会议正在进行中，突遭侦缉队队长赵笏臣带领的五十多名侦缉队便衣武装包围，除刘少猷同志一人越墙脱险外，侯绍裘、刘重民、谢文锦（中共南京地委书记）、郜一谷、文化震、钟天樾、梁永、谢曦等同志均遭秘密逮捕，被押走关入南京珠宝廊（现白下路西段）市公安局看守所。这就是后来震惊全国的南京“四一〇”反革命事件。

45

4 月 11 日清晨，张应春从上海风尘仆仆地抵达南京。她先找到陈君起的家。

陈君起此时任中共南京市委委员兼妇委书记，亦是国民党南京市党部执行委员兼妇女部长。她 1885 年出生在嘉定县南翔镇一个封建官僚家庭，曾求学于上海务本女塾师范科；1924 春加入改组后的国民党，当年底加入中国共产党。她参加过 1926 年初江苏省党部在上海举办的各市县党部联席会议与全省干部寒假训练班，又与张应春一起参加过 3 月 12 日的中山陵奠基典礼。1926 年 10 月，陈君起曾遭反动军阀逮捕，被冠以所谓“革命党”的罪名，关在军阀当局的警察厅，三个多月后被中共党组织营救出狱。

作为战友，张应春与她多有交往。虽然两人的年纪相差十六岁，却有着类似的人生经历：两人从小进私塾读书，拥有一定的文化基础；青少年时期进入女校接受现代教育，受到民主革命思想的熏陶，有着进步的价值取向。她们性格独立刚强，有着鲜明的女性自我意识，同时对社会各阶层的广大妇女报以同情，对于妇女解放运动有着热忱的关注与积极的参与。后期，在周围进步人士的影响下，开始接触马克思主义，最终确立共产主义信仰，并将之视为妇女解放的思想指引。

同时，作为妇女解放运动共同的实践者，张应春和陈君起有着共同的理想抱负和社会责任感，她们也在工作交流中互相鼓励和帮助。南京居安里 20 号，陈君起的家，实际上是中共党员经常聚会活动的场所。张应春到南京调查研究工作时，都住在她家中。她们互称“同志”，以示对彼此的尊敬和赞赏；她们一起探讨社会问题，探讨中国的未来，探讨党组织的发展，探讨中国妇女的未来出路，在工作交流中加深对于彼此的认知，也切磋出更多的思想共鸣。

但是，陈君起并不知道当天凌晨的情况突变。张应春到她家后，来不及休息，两人便一起前往大纱帽巷 10 号联络。潜伏在那里的侦缉队特务，当场将她俩逮捕。

张应春、陈君起、侯绍裘等十余人，都被秘密关押在珠宝廊（今白下路西段）的南京市公安局看守所。

陈君起被捕后，在狱中给儿子曾鼎乾写了一封信，托人送出，邮寄到儿子读书的钟英中学。据曾鼎乾追忆，这封信的内容如下：

阿宝：

我又被捕了，这次我不会再出狱了。

我和张应春两人仍住在我上次被关的那间小房子里，很挤，但我们很相安。这次上面很凶，但下面对我们很同情。我和张偷偷去看过侯绍裘、刘重民他们男同志，他们的处境更苦。

这件事说明我们还很幼稚。你接信后就回家，把我的房门锁好，谁都不要进去住。有可能给我送几件换洗的衣服来，张应春也要。

你自己要慎重，不多嘱。母字。

陈君起首先向儿子传达了自己目前的处境及相关信息。面对即将来临的残酷屠杀，陈君起首先想到的是党的机密。因为她的突然被捕，家中还留有未来得及销毁的党内文件和资料。“把我的门锁好，谁都不要进去住”，暗示儿子要牢牢做好保密措施，不要让敌人发现这些文件资料。其次，她深刻地总结了南京党组织遭受破坏的主要经验教训，这就是当时南京党组织“还很幼稚”，缺乏同强大敌人进行斗争的经验。

曾鼎乾按照母亲的吩咐，在家收拾了一些母亲的衣物，第二天前往市公安局看守所探监。此时的看守所已然被国民党新军阀占领，戒备森严，军警林立，曾鼎乾未能见到母亲和张应春。

南京“四一〇”事件发生后，中共上海（江浙）区委领导十分焦急，紧急派人到南京济难会，嘱咐尽一切办法打听失踪人员的下落，千方百计进行营救。

在狱中，敌人软硬兼施，威逼利诱。张应春等同志坚贞不屈，坚持斗争。张应春被吊打了一天一夜，昏死过去，又被冷水泼醒，可是除了“我是共产党员”一句话外，敌人一无所得。她威武不屈，视死如归，表现了一个共产党员崇高的革命气节。

侯绍裘面对蒋介石以江苏省政府主席的职位收买，严词拒绝，没有丝毫动摇。陈君起在严刑前，公开承认自己是共产党员，信仰共产主义，当敌人问到其他同志情况时，她斩钉截铁地说“不知道”。刘重民大骂蒋介石背叛革命，屠杀人民，被残酷地割去了舌头。

在张应春等人被捕后三四天的一个黑夜，敌人下了毁尸灭迹的毒手。公安局长温建刚、特务头子陈葆元奉蒋介石密令，亲自指挥侦缉队进行残杀。赵笏臣等刽子手用刀把张应春活活戳死，装入麻袋。黑夜中，偷偷用汽车运到南京通济门外九龙桥，投入秦淮河，毁尸灭迹。烈士的鲜血染红了秦淮河水。与张应春一起被害的，还有与她一同被捕的共产党员陈君起及侯绍裘、刘重民、谢文锦、许金元、文化震、钟天樾、梁永、谢曦等十余位同志。

殉难南京，张应春年仅二十六岁。

此时，黑暗势力潜伏在整个南京城各个角落，刽子手们的鹰眼一直虎视眈眈，伺机制造更大的杀戮。南京“四一〇”反革命事件也拉开了上海“四一二”反革命政变的序幕。4 月 12 日，蒋介石在上海悍然发动反革命政变，屠杀了大批共产党员和革命群众。4 月 18 日，蒋介石在南京建立国民政府，从此南京成为国民党的反动统治中心，笼罩在一片白色恐怖之中。

4 月 22 日，汉口《民国日报》刊载一篇诗歌，名为《钟山的悲哀》，描绘了这场惨案后南京阴郁凛冽的政治氛围：

黑暗恐怖的云雾，笼罩着钟山四周；那游丝般的细雨，更落落疏疏，把黯淡的花草湮润浸透。这是促成谁的悲伤，谁的哀诉！

黑暗恐怖的云雾，笼罩着钟山四周；那空中的风声，江上的涛声，更凄切地将哀吟合奏。这是促成谁的悲伤，谁的哀诉！

……

是谁的悲伤声？哀诉声？诅咒声？震遍了民众的耳膜。

历史的尘烟浩浩荡荡，许多革命者的生命在猝不及防间走到了尽头。他们在革命探索的道路上，前仆后继，用壮丽伟岸的身影铺垫出一代人为探索国家和民族前途而勇往直前、奋不顾身的阶梯。

“革命的事业，没有流血是不会成功的，但是只流男子的血，不流女子的血还是不够的……我们誓死要从红色的血泊里边，找着光明的途路，建设起光华灿烂的社会来。”

张应春的英勇牺牲，实践了她的铮铮誓言！

第二十四章
血花红染长歌当哭　英烈精神万古流芳

46

张应春遇害的噩耗辗转传到家乡，一家人惊惶不已，疑信参半，痛苦万分。父亲张农悲恸欲绝，寝食俱废，两度亲赴南京，到处探询女儿的消息，却终究得不到确切音讯。他过度伤心，忧忿成疾，数月后便呕血而逝，终年五十岁。

弟弟祖望因姐姐的惨死与父亲的亡故，深受刺激，神志失常，只几年后亦英年早逝。

妹妹留春一直想着大姐临去南京时那句话“大姐就会回来的”，总觉得她还活在人间；二十余年，朝思暮念，盼她回来。直到1950年4月，读到纪念张应春、侯绍裘烈士的特刊，才相信大姐应春确在二十三年前英勇牺牲。

最为伤心的除了家人，无论是同乡交际，还是革命交往，柳亚子绝对是最为悲痛的人。

张应春牺牲时，柳亚子正逃亡日本。但他的心却留在了国内，时刻关注着国内的形势，牵挂着张应春的安危。

得知张应春不幸牺牲的消息后，柳亚子挥泪吟就一绝：

血花红染好胭脂，英绝眉痕入梦时。
挥手人天成永诀，可怜南八是男儿。

1928年，柳亚子结束了在日本的流亡生活，以中央监察委员的身份来到南京出席国民党二届五中全会。在南京期间，他不惧白色恐怖，四处探寻张应春的遗骸，终无结果。

为了这不能忘却的纪念，柳亚子请了岭南画派创始人之一陈树人先生和山阴诸贞壮先生各绘了一幅《秣陵悲秋图》。古诗云："一带江城新雨后，杏花深处秣陵关。"秣陵正是南京的古称，以秦淮河南为秣陵。以此寓意张应春在南京就义。悲秋则因柳亚子曾为张应春取名号"秋石"，尊崇鉴湖女侠秋瑾的义举。画面上，孤亭、冷山、黄土地、秋色，还有一人独自驾着马车行驶着，一股悲凉的气息油然而生。颇有些"秋风秋雨愁煞人"的寂然和空灵。

图成后，柳亚子又在南社成员中广征题咏，辑成《礼蓉招桂龛缀语》，"庶慰沉冤之魂"以志纪念。柳亚子为这位年轻的亡友亲自作《摸鱼儿·自题〈秣陵悲秋图〉》。在那个"谈共色变"的环境下，南社旧友痛悼纷纷，题咏墨迹裒然成两大巨册。

《礼蓉招桂龛缀语》计有柳亚子、陈树人、诸贞壮、沈长公、林庚白等十七人的诗词，共诗八十四首，词十九阕，曲四首。《秣陵悲秋图》及其题咏，是那段悲哀历史的见证。柳亚子和南社的诗人们以充满悲愤的笔墨道出了对张应春的绵绵哀思。

1930 年 5 月，柳亚子又写成《秋石女士传》，长歌当哭：

顾君委身党国，余实劝驾。君勇猛精进，弗顾夷险，终戕厥身，而余退缩苟全，不获与君同殉。律以春秋之谳，则余实杀君，复何辞哉！余其终负君九原矣，悲夫！

秋石殉义三年，苌弘之血早化，而一传未成，实低徊不忍下笔也。十九年五月一日晨，卧病沪西寓楼，枕畔梦回，如潮影事，都上心头，披衣握管，急就成此。是泪是墨，非所敢知已！写初稿竟后附记。

1931 年 1 月 23 日，柳亚子在致姜长林的信中写道："应姐照片已翻印，奉上一纸，乞收。原照最好能割爱送弟，否则暂留弟处，他日有便奉还，好否？"从信中不难看出柳亚子对张应春极其深厚的革命感情。

因为寻不到张应春的遗骸，柳亚子与其挚友沈昌眉及张氏亲属，在家乡为张应春营建衣冠墓，并请国民党元老于右任题写碑文："呜呼，秋石女士纪念之碑！"1931 年冬，墓筑成。入葬时，以梳妆盒代首，还有帽子、衣裤、鞋袜等遗物一起入葬。墓茔位于汾湖之畔的葫芦兜村北莲荡滩，与明末才女叶小鸾墓一水相望，坐南朝北，以示向着张应春牺牲之地——南京。中华人民共和国成立前，张应春烈士墓虽历经沧桑，但由于家乡人民的悉心保护，完好无损。

柳亚子与张应春从相识到相知，肝胆相照，结下了深厚的友情。1950 年，在张应春离开二十三年之后，年过花甲的柳亚子从"思旧庐"的书橱里拿出一张珍贵的照片，让人去王府井的照相馆洗印。这是张应春的照片，他要将洗出的照片赠送给邓颖超。柳亚子说，张应春与邓颖超都是中国妇女运动的先驱，都是第一次国共合作期间的跨党党员，也都是国民党第二次全国代表大会的代表，都曾去广州开会，共商妇女运动的大计，她们俩有着深厚的同志情谊。如今南京雨花台烈士纪念馆陈列的张应春、侯绍裘的一些文物、资料，都是柳亚子捐赠的。

为了党的革命事业，张应春牺牲了年轻的生命，柳亚子不会忘记，中国人民同样牢记心中。

1950 年 4 月，《解放日报》《新民晚报》特辟专栏，发表陆定一等人的文章，纪念张应春、侯绍裘等烈士殉难二十三周年。

1955 年 1 月，中华人民共和国主席毛泽东向张应春烈士的家属颁发了《革命牺牲军人家属光荣纪念证》。

此后，张应春烈士墓得到各级党委、政府的重视，屡有修葺。1980 年，张应春烈士墓被列为吴江县文保护单位；次年，当地乡党委做出了“扩大、整修、绿化张应春烈士墓地”的决定，并拨专款，同时组织党员、团员、机关干部、妇女、民兵和学校师生参加义务劳动，挖泥挑土，整地植树，仅十三天时间，把原来不足三十平方米的墓地，扩展为一千余平方米，还种上了柏树、香樟、水杉、桂花、芙蓉等花木。1986 年，烈士墓西侧新建张应春纪念室；1992 年纪念室改为纪念馆，由陆定一题写“张应春烈士纪念馆”匾额。纪念馆庭院内尊立了张应春烈士汉白玉半身像，像座正面的花岗石上，镌刻张爱萍将军的题字：张应春烈士永垂不朽。1995 年 4 月，张应春烈士墓被批准为江苏省文物保护单位。

2013 年，张应春烈士陵园经过全面改扩建，更名为吴江烈士陵园。陵园的中轴线是吴江烈士纪念碑、英烈墙、张应春烈士墓，中轴线南侧是吴江烈士纪念馆和张应春烈士纪念馆，北侧建造了石桥、游廊和凉亭景观。

张应春，这位从 20 世纪初走来的女性，一生凭借着自身顽强的意志和毅力，拨开层层纷扰，挣脱社会桎梏，奋而跃身时代浪潮，勾勒出一幅浓墨重彩的人生画图。

在中国早期的革命探索中，革命者们身处的，往往是最为艰难险恶、孤立无援的境地。他们为着共同的目标而汇聚，承受周遭人群的误解和猜疑。尤其是女性革命者，在残酷的革命斗争中，往往有着家庭责任与政治事业的冲突，往往会陷入两者难以兼顾的焦虑与矛盾，这更凸显了革命秩序下女性革命者的难能可贵。而张应春便是其中的佼佼者。

在看似黯淡渺茫的革命前途下，张应春怀着对理想和信仰的坚毅赤诚，构筑起独立而完整的精神世界，在早期革命道路中踽踽独行，茕茕探索；荆棘崎岖，艰难坎坷，都不曾阻挡她前行的脚步。她在不断的理论学习和工作锻炼中，逐步深化对于马克思主义的认识，日趋坚定对于革命任务和目标的信心，成为理想和主义的终身践行者。

革命必定潜伏着流血和牺牲的危险。当死亡的阴影逡巡而来，生存便成为岌岌可危的疑问。而对于坚定的革命者而言，信仰本身超越了对于死亡的惧怕。死亡甚至成为一种精神祭奠的仪式，成为一种崇高意志的礼赞。

张应春，这位坚定的革命者，在近一个世纪前悄然消殒。秦淮河畔，那河水依旧碧波荡漾，静默如初。无论是天地变色的沧桑荣辱，还是人世万间的悲欢离合，它用宽容平和的姿态包纳进社会的风云变幻和激烈变革，沉入河底，累积成厚厚的时间年轮，记载着社会进程中的历史维度。历史无言，河水无声，然而岁月不曾遗忘。以张应春为代表的革命女性，勇敢挣开命运的束缚，寻求光明；在国家、民族沉重危难的时刻挺身而出，迎难而上，用她们的顽强博弈展现出一个时代女性的刚毅属性和精神魅力。她们对于理想和信仰的奋力呼唤，依旧贯彻新世纪的天壤，震慑人心。

参考文献

1.《张应春纪念集》，江苏省政协文史资料委员会、吴江市政协学习和文史委员会编，《江苏文史资料》编辑部出版发行，1999年。

2.《上海英烈传（第三卷）》，中共上海市委党史资料征集委员会、上海市民政局合编，百家出版社，1988年。

3.《雨花台革命烈士书信选（一）》，南京雨花台烈士纪念馆编，江苏少年儿童出版社，1988年。

4.《磨剑室文录（上、下）》，柳亚子文集编辑委员会主编，上海人民出版社，1993年。

5.《磨剑室诗词集（上、下）》，柳亚子著，中国革命博物馆编，上海人民版社，1985年。

6.《自传·年谱·日记》，柳亚子文集编辑委员会主编，上海人民出版社，1993年。

7.《人中麟凤柳亚子》，吴江市文化局、柳亚子纪念馆编，苏州大学出版社，1994年。

8.《柳亚子传》，张明观著，社会科学文献出版社，1997年。

9.《柳亚子史料札记》，张明观著，上海人民出版社，2008年。

10.《柳亚子》，李海珉著，《江苏文史资料》编辑部出版发行，1999年。

11.《柳亚子与吴江文献》，李红梅著，团结出版社，2015年。

12.《侯绍裘纪念集》(内部资料)，上海市松江县地方史志编纂委员会办公室、中共松江县委员会党史资料征集办公室编，1987 年。
13.《雨花台烈士传丛书·侯绍裘传》，张国强著，江苏人民出版社，2016 年。
14.《回忆杨子华》，马纯古、章蕴等著，上海市妇联妇运史料组编，安徽人民出版社，1983 年。
15.《杨之华评传》，陈福康、丁言模著，上海社会科学院出版社，2005 年。
16.《瞿秋白与杨之华》，丁言模著，中国社会出版社，2013 年。
17.《古镇黎里》，周山南主编，古吴轩出版社，2013 年。
18.《江苏省妇女运动史料选》，江苏省妇女联合会、江苏省档案馆合编，1984 年。
19.《江苏妇女运动史》，江苏省妇女联合会编，中国妇女出版社，1995 年。
20.《中国妇女运动史(新民主主义时期)》，中华全国妇女联合会编，春秋出版社，1989 年。
21.《雨花魂》，中共江苏省委党史工作办公室、中共南京市委党史工作办公室、雨花台烈士陵园管理局合编，中共党史出版社，2015 年。
22.《邓颖超传》，金凤著，人民出版社，1993 年。
23.《雨花台烈士传丛书·陈君起传》，赵瑱著，江苏人民出版社，2016 年。
24.《中华女英烈》，中华全国妇女联合会编，文物出版社，1988 年。
25.《吴江》(江苏县邑风物丛书)，中共吴江县委宣传部审订，江苏人民出版社，1992 年。
26.《吴江人物志》，中共吴江县委宣传部编，江苏人民出版社，1986 年。

雨花忠魂·雨花英烈系列纪实文学

《流火：邓中夏烈士传》 龚 正 著
《落英祭：恽代英烈士传》 徐良文 于扬子 著
《去留肝胆：朱克靖烈士传》 王成章 著
《夜行者：毛福轩烈士传》 周荣池 著
《残酷的美丽：冷少农烈士传》 薛友津 著
《爱莲说：何宝珍烈士传》 张文宝 著
《飙风铁骨：顾衡烈士传》 邹 雷 著
《碧血雨花飞：郭纲琳烈士传》 张晓惠 著
《“民抗”司令：任天石烈士传》 刘仁前 著
《青春永铸：晓庄十烈士传》 蒋 琏 著

《文心涅槃：谢文锦烈士传》 周新天 著
《丹心如虹：谭寿林烈士传》 刘仁前 著
《云间有颗启明星：侯绍裘烈士传》 唐金波 著
《风向与信仰：金佛庄烈士传》 李新勇 著
《栽种一棵碧桃：施滉烈士传》 蒋亚林 著
《雄关漫道：陈原道烈士传》 杨洪军 著
《忠贞：吕惠生烈士传》 辛 易 著
《红骨：黄励烈士传》 雪 静 著

《热血荐轩辕：李耘生烈士传》	张晓惠 著
《世纪守望：徐楚光烈士传》	李洁冰 著
《以身殉志：邓演达烈士传》	王成章 著
《逐潮竞川：孙津川烈士传》	肖振才 著
《生命的荣光：朱务平烈士传》	吴万群 著
《信仰无价：许包野烈士传》	裔兆宏 著
《金子：杨峻德烈士传》	蒋亚林 著
《血花红染胜男儿：张应春烈士传》	李建军 著
《青春祭：邓振询烈士传》	吴光辉 著
《任凭风吹雨打：罗登贤烈士传》	龚　正 著
《红灯永远照亮中国：吴振鹏烈士传》	曹峰峻 著
《青春的瑰丽：陈理真烈士传》	薛友津 著
《长淮火种：赵连轩烈士传》	王清平 著
《青春绝唱：贺瑞麟烈士传》	刘剑波 著
《逐梦者：刘亚生烈士传》	李洁冰 著
《抱璞泣血：石璞烈士传》	杨洪军 著
《新生：成贻宾烈士传》	周荣池 著